HINT

HINT

大阪圭吉 著
侯詠馨 譯

銀座幽靈

誰才是被害者？大阪圭吉懸疑推理短篇小說選集

導讀

大阪圭吉——日本早期天才本格推理作家

◎林斯諺／推理小說作家、東吳大學哲學系副教授

本格推理小說（以解謎為主的推理小說）特別重視智性魅力，常見元素為不可能的犯罪、謎般的犯罪動機、渲染超自然力量、鬥智的遊戲性、奇妙的犯罪情事……等等。要寫得好並不容易，考驗作家的設局與邏輯能力。大阪圭吉在三十三歲病歿前留下了許多經典的珠玉之作，構思奇巧、邏輯精密、布局巧

妙、詭計原創，絕對是日本早期推理創作的天才型作家。我會這麼論斷，另有四點理由。

首先，大阪圭吉的作品十分成熟。有些作家在邏輯推演、人物描寫或布局上顯得鬆散。普遍而言，大阪圭吉比較沒有這個問題。第二，大阪圭吉比其同年代活躍的作者年紀相對較輕，能掌握本格推理創作的精髓實屬不易。第三，大阪圭吉的作品不似許多本格推理只重智性樂趣，其文筆帶有溫度，主題偶有社會關懷，對人心描寫也時常動人，許多經典之作令人讀後久久無法自己，智性與感性兼具，令人愛不釋手。第四，鮎川哲也稱大阪圭吉是日本戰前本格第一人。鮎川哲也是日本本格推理的宗師級人物，如此的盛讚可佐證大阪圭吉的才華。綜上所述，大阪圭吉在日本早期推理中可謂天賦異稟的一位作者。本書所收錄的六個短篇都是一時之選，以下分別介紹。

〈香水紳士〉是十分可愛的一篇作品，比起之後幾篇偏向哀慟的犯罪情事，這篇陽光許多。大阪圭吉用他的生花妙筆塑造出一位可愛的少女，在火車上偶然與銀行大盜相對而坐。少女要如何在不被對方發現的狀況下通知警方並不讓罪犯逃逸？「少女偵探」的臨機應變頗具巧思，最後的結尾也令人會心一笑，是一篇相當清新的作品。

〈「三」字旅行團〉屬於奇妙犯罪的故事。主角在東京車站固定觀察到不同女子被同一男子帶走，旅行箱上都寫著「三」，究竟是怎麼回事？這種案件通常發端於不尋常的事態，背後往往隱藏著龐大陰謀。例如像福爾摩斯探案的〈紅髮俱樂部〉（The Red-Headed League）或〈證券交易所的職員〉（The Adventure of the Stockbroker's Clerk）。大阪圭吉對鐵道、火車的興趣可從許多作品看出，本作也是其一。從觀察列車月台發生的奇異事件開始，逐漸將讀者帶入騙局中。

〈寒夜新霽〉絕對是大阪圭吉的傑作之一。故事敘述聖誕夜一戶人家爆發雙屍慘案，凶手疑似綁架小孩從窗戶逃走，而戶外是一片雪地。本作在謎團上挑戰「無足跡殺人」，這種謎團的典型狀況是雪地或泥地上只有被害者的腳印而沒有凶手的腳印。在本作中，綁架小孩的凶手的痕跡在雪地間突然消失，猶如飛向天空，究竟要如何解釋這種不可思議的現象？解答令人拍案叫絕，充分展現破解謎案需要的精妙思考。此外，偵探角色身分的安排也十分恰當，是一名物理學教師。原來早在東野圭吾創造物理學教授湯川學之前，已有前例。本作還有一大賣點，就是以聖誕節為題材的案件。這在歐美十分常見，例如英國作家約瑟・傑佛遜・法瓊的長篇小說《凶手也在等雪停》（*Mystery in White*）、法國作家保羅・霍特（Paul Halter）的短篇小說〈賣花女〉（The Flower Girl）、日本作家島田莊司的長篇小說《鳥居的密室》，甚至還有我自己的短篇小說〈聖誕夜奇蹟〉。以上作品大部分雖有犯罪情事，但氣氛仍保持正向。〈寒夜新霽〉卻讓人在讀後痛徹心扉，久久難以自己。大阪圭吉獨到的演繹方式，讓本作如騰空飛起的凶手一樣昇華到另一層次。

〈銀座幽靈〉敘述一樁詭異離奇的謀殺案，也是大阪圭吉的經典作。大阪圭吉英文版選集的標題便取自這篇，可見選書人對本作的看重。故事敘述一群人透過窗戶目睹一名女子殺死另一名女子，警方進入樓房後，發現前者疑似畏罪自殺的屍體。但經過驗屍後，前者的死亡時間竟然比後者還早。本作渲染超自然氣氛與不可能的犯罪，甚至還有死前留言的設計，線索與場景充滿日式風味，整體布局精妙懸疑，最後的詭計也符合科學常識，令人讚嘆作者的設計。

〈坑鬼〉是本書篇幅最長的一篇，也是題材最特殊的一篇，總體而言，又是一篇傑作。故事敘述一對礦工夫妻不小心在採炭坑中引起火警，妻子及時逃出，丈夫卻被封閉在熊熊烈火的坑中。沒想到負責封閉起火礦坑的技師卻被殺害了。這篇以地下礦坑為場景，展開一系列連續殺人事件，核心謎團為以地下洞穴構成的密室謎團，扣人心弦，勾起讀者一探礦工生活的好奇。這也顯示大阪圭吉在取材上的多樣性與用心，能夠讓讀者融入故事。此外，無法預測的劇情營造出懸疑驚悚電影的氛圍。詭計的破解合理又直接，符合簡單性美學。

〈葬禮機關車〉是本選集的扛鼎之作，很有可能是大阪圭吉最傑出的作品。這篇作品被鮎川哲也認為是日本短篇本格推理前十強。本作同樣以大阪圭吉喜愛的鐵道為題材，展開發端懸疑的故事。被稱為「葬禮機關車」的列車持續輾斃豬隻，究竟是誰、為了什麼而連續將豬隻捆綁在鐵道上？車站的片山副主任率眾偵查，最後等待讀者的是永生難忘的崩裂結局。本作的元素十分複雜，包括特殊的敘事體裁、詭異的謎團、懸疑的情節、專業知識的運用，還有最重要的「whydunit」（為什麼要這麼做，通常指動機）。本作中，大阪圭吉準確地掌握了令人毛骨悚然的變態心理，並將之與本格推理小說結合，這種晦暗心理的描寫領先現代犯罪小說不知道多少年。本作與〈寒夜新霽〉一樣有著幻滅式的結局，但本作收尾更加飽滿，無怪乎能贏得鮎川哲也的極高讚譽。

每每重讀大阪圭吉的作品，總是會有痛失英才的感覺。這位因戰爭而死於異鄉的推理作家，如果活下來的話，不知還能貢獻多少精彩的作品。這也讓我想到美國早期知名短篇推理小說作家傑克・福翠爾（Jacques Futrelle），死於一九一二年鐵達尼號沉沒事件，那年他也才三十七歲，對推理界而言也是痛失英才。然而命就是命，以大阪圭吉而言，如今我們也只能在他遺留下來的作品中緬懷這位曾經光芒四射的才人。這些作品並未因時間的推移而斑駁褪色。

目次

香水紳士

難得出來一趟快樂的旅行，全被他給毀了。今天的旅行，甚至不歡迎跟一個不認識的大人同座，更別說是跟一名恐怖的大盜紳士坐在一起！

一

當毫不客氣的乘客在品川站上車，坐在正前方的座位之後，久瑠美小姐完全失去了活力。

「今天萬里無雲，從國府津的嬸嬸家就能清楚看見富士山耶。」

聽到媽媽這麼說，她迫不及待地出門，當時的活力如今已經煙消雲散，她在座位角落縮成小小一團，無精打采地盯著窗外，望著近郊街頭的屋頂向後方消逝。

這是上午八點二十五分，由東京車站出發，前往伊東的普通列車。

在列車的三等車廂角落的座位上，久瑠美小姐僵硬地坐著。

這天是星期日，在客車上，坐著許多應該要去造訪新綠時分的箱根與伊豆的人們。

不過，久瑠美小姐並不是要前往箱根與伊豆。而是要去更遙遠的國府津的嬸嬸家。

她要去國府津的嬸嬸家找堂姊信子小姐。信子小姐比久瑠美小姐年長五歲，今年二十一歲，月底就要出嫁了。久瑠美小姐打算利用星期日前往嬸嬸家，向尚未出嫁的信子小姐道別兼祝賀。

行李架上的包袱裡，放著母親託給她的賀禮。那是她昨天跟母親一起去新宿挑選的禮物。不過，她當時瞞著母親，在那家店裡，以自己的名義買了另一件賀禮。

那份禮物悄悄藏在久瑠美小姐制服的口袋裡。

小巧又精緻的木盒子，繫著可愛的大紅色蝴蝶結，裡面裝著一瓶香水。

「我想用我的名義送一份賀禮……」

她心想：

「該送什麼才好呢？」

最後才想到這份禮物。

「這是我送的禮物……」

打從昨天晚上，久瑠美小姐就描繪著她說著這句話，私下把禮物交給信子小姐的愉快光景。

跟那瓶香水與可愛的木盒子一起放在久瑠美小姐口袋裡的，還有口香糖跟牛奶糖。當然是為了這場愉快的小旅行，開心準備的小點心。

實際上，為了今天這趟國府津之行，久瑠美小姐打從三天前，就開心得睡不著覺了。

終於盼到了今天早上，她差點連飯都吃不下了。

「久瑠，這樣不行哦。一定要好好吃飯啊……」

即使受到母親的斥責，

「人家不想吃嘛。要是我肚子餓了，我會在大船買三明治啦。那裡的三明治很好吃。」

「唉，真是說不過妳的伶牙俐嘴。妳是在哪裡聽說的啊？」

「討厭啦。去年夏天，我們回鎌倉的時候，媽媽不是買給我吃嗎……？」

因此，久瑠美小姐早早就飛奔出門，急急忙忙地來到東京車站。

星期日的列車特別擠，不過，她還是在車廂最角落的位置，找到一個沒人坐的絕佳座位。

最角落的位置，讓久瑠美小姐沒來由地欣喜萬分。

「在這個位置嚼口香糖、吃三明治，都不會害羞耶。」

她心滿意足地準備享受這趟為期一個半小時的小旅行。

首先，她在窗邊找到一個位置，將玻璃窗開到最大。愜意的五月微風，宛如嬉戲一般，吹了進來。

不久，發車鈴響起，列車出發了。久瑠美小姐開心的小旅行也開始了。

然而……

還不到十分鐘，列車停靠在品川車站，久瑠美小姐的座位旁邊擠進來一名乘客。拜那位乘客之賜，久瑠美小姐無精打采地縮到座位角落，把自己縮得小小的。

二

那位乘客年約四十上下，目光似乎十分銳利，臉跟體型都大得驚人，是一名身著西服的紳士。

他深戴著紳士帽，不知道為什麼，右手一直插在鼠灰色的薄大衣口袋裡。

剛開始，紳士走進車廂的時候，站在走道上，快速地環顧車廂內部，其他地方明明還有位置，他巨大的身軀卻毫不客氣地，默默地一屁股坐在久瑠美小姐對面的座位。

接著，他以一種不帶笑意，也不帶怒容，宛如面具般面無表情的臉孔，仔細打量著久瑠美小姐的臉。

他一直戴著帽子，右手也一直放在口袋裡。

久瑠美小姐只覺得害怕，縮著身子，把臉轉向窗外。

不知不覺中，列車已開進新綠的大森街頭。

天空萬里無雲，十分晴朗。

正常的情況下，在她的計畫中，她差不多該嚼口香糖了，不過現在可不是嚼口香糖的時候。

「期待已久的樂趣全都泡湯了。」

久瑠美小姐感覺著紳士令人不舒服的視線投射在她的側臉一帶，悄悄地嘆了一口氣。

不久，紳士將視線從久瑠美小姐的臉上移開，背對著窗戶，側著身體。接著用左手從大衣左側的口袋拿出報紙，右手依然插在口袋裡，動作十分不方便地一隻手翻開報紙，然後遮住整張臉，熱衷地看了起來。

即使看著窗外，久瑠美小姐還是能清楚感受到他的動作。

偶爾，來自窗外的舒爽涼風會吹動報紙，發出啪啪聲。每回紳士都會皺著眉頭，望向她。

久瑠美小姐心想：

「我是不是非得要關上窗戶才行呢？」

不過，也不知道是怎麼回事，她的身體就是動不了，沒辦法伸手動作。自從這名紳士上車之後，久瑠美小姐就處於動彈不得的狀態。再說，如果要關上窗戶，就必須把一隻手伸到紳士的頭後面。一想到這裡，她的身體又更僵硬了。

紳士突然站起來。

他沒對望向窗外的久瑠美小姐說話，以非常粗魯的動作，關上玻璃窗。

久瑠美小姐嚇了一跳，連忙退開。

紳士的不開心苛責著久瑠美小姐的心。不過，情況並不止於此，還有另一個重大的原因。這時久瑠美小姐終於看見紳士的右手。

大家都很清楚，要關上火車的車窗時，必須使用雙手。如今，站起來的紳士這才把右手伸出口袋，用雙手關上窗戶，他的右手正好舉到望向窗外的久瑠美小姐面前。關上窗戶後，紳士又迅速縮回他的手，插進口袋裡，再次採取先前的姿勢，看起報紙。

在這麼短暫的時間裡，久瑠美小姐看見了紳士的右手。

那隻手的中指從指根消失了，只有四隻手指頭。

「他是傷殘軍人嗎？」

久瑠美小姐瞬間這麼想，她覺得全身愈來愈熱。

「如果是這樣，我就是個愚蠢的少女了。坐在這麼了不起的人旁邊，竟然還覺得不高興！」

不過，久瑠美小姐旋即冒出另一個疑點。

「如果他是軍人，為什麼要用這麼不自然的方式，隱藏自己崇高的傷勢呢？」

沒錯，就算他不是軍人，只是一個受過傷的一般人士，也不需要用這種不自然的方式隱藏。

想到這一點，久瑠美小姐覺得自己的身體比之前更僵硬了，又把身體縮得更小，只敢隔著玻璃盯著窗外。

三

很快地，列車經過橫濱。

「說不定他會在橫濱下車。」

沒錯，久瑠美小姐在心裡偷偷祈禱這件事，可惜事與願違，紳士依然坐在久瑠美小姐面前。還不止這樣，他把看到一半的報紙蓋在斜戴的帽子跟臉上，看來要小睡半刻，還發出輕微的鼾聲。看來他不知道要搭到哪裡。說不定要到比國府津還遠的小田原或是熱海一帶吧。

久瑠美小姐總算放棄她的祈禱。

「看來，大船的三明治也沒辦法吃了。」

雖然紳士在打瞌睡，去買個三明治應該沒什麼問題，要是發出聲響，把他吵醒了，可就麻煩了。

久瑠美小姐悄悄把手伸進自己的口袋。口香糖跟牛奶糖還乖乖待在裡面。

久瑠美小姐吞著口水，望著外面。

窗外是被清爽新綠環繞的湘南山野，在晴朗的五月陽光之下，宛如留聲機的唱盤，永無止境地旋轉與開展。眺望著這片景色，久瑠美小姐試著努力振奮心情，找回今天早上的活力。

然而，別說是振奮心情了，這時反而發生不得了的大事。

紳士臉上的報紙，從剛才開始逐漸往下滑，這時「沙」的一聲，滑落到紳士側坐著的膝上。

久瑠美小姐不禁直冒冷汗。心裡盤算著該怎麼辦，來回看著紳士的臉跟滑落的報紙。

這個時候，最好還是別吵醒他吧。不過，這時久瑠美小姐不禁嚇了一跳。

由於紳士把臉塞進身後座椅與窗框之間，打著瞌睡，所以帽子往前滑，把半張臉都遮住了，不過那張臉跟剛才沒有什麼不同。讓久瑠美小姐嚇一跳的並不是那張臉，而是滑落的報紙。報紙滑落的時候，正好翻到背面，露出方才紳士認真閱讀的那一面。久瑠美小姐不假思索地看了一眼，卻害她全身僵硬，差一點叫出聲音。

那是報紙的社會版，版面右上方以斗大的字體，印著以下這段可怕的內容。

蒙面大盜今天凌晨襲擊澀谷ＸＸ銀行，得手現金後逃亡

副標則是幾排較小的字體，接著又以更小的字體，印刷著更可怕的小標題。

嫌犯穿著西式服裝、身材高大，最大的特徵是右手沒有中指，只有四指，這是遭到凶器攻擊時，依然沉著冷靜的夜班人員的觀察

久瑠美小姐只覺眼前一黑，不禁躺在身後的座椅上。

四

太可怕了吧！

她覺得心跳飛快，全身的血液似乎都要倒流了。她完全靜不下來。不過，她又全身僵硬，無法發出聲音，動彈不得。

「要是認錯人就好了！」

久瑠美小姐拼命裝出若無其事的模樣。不過，在表面的平靜之下，冒出一個恐怖的念頭。

原來如此，到處都有穿著西式服裝的人，身材高大的人也不少。而且，因為在這個廣大的東京，應該也能找到幾個因為受傷失去中指的人吧。不過，完全符合這三項特徵的人，又有幾個呢？

「而且，這名紳士以極度不自然的方式，藏住只有四隻手指的右手耶！話說回來，他進來車廂時的態度，就很奇怪了！」

久瑠美小姐全身抖個不停。

這名紳士剛進車廂的時候，迅速地環顧四周，發現久瑠美小姐的座位只有一個人，看到對方只是一名柔弱的少女，才會露出那麼滿意的表情吧。而且，他昨天夜裡幹了那麼恐怖的事，沒有睡覺，所以在逃往熱海或箱根的路上，不小心睡著了。

久瑠美小姐再也按捺不住。可是，她也不敢發出聲音或移動。

根據眼前的報導，嫌犯可是帶著凶器呢！要是不小心叫出聲，不知道會發生什麼事。

「偷偷通知車掌吧。」

不過，這麼做也是白費工夫。對方是那麼恐怖的人，反而會引起騷動，要是害其他無關的旅客出了什麼差錯，那可就糟了。更重要的是，久瑠美小姐已經僵硬得跟石頭差不多，發不出聲音，也無法移動。她覺得度日如年。

她靜止不動，害怕地再看了一遍報紙。

「沉著冷靜的夜班人員的觀察」

這個副標突然躍入眼簾。久瑠美小姐心裡突然出現一縷光明。

「對了，我要保持冷靜。」

她鼓舞自己，認真起來。

不知不覺中，列車又開過幾個車站，逐漸接近國府津了。

久瑠美小姐突然在那股難以名狀的恐懼之中，感到一股無法形容的悔恨。

仔細想想，現在情況危急。難得出來一趟快樂的旅行，全被他給毀了。今天的旅行，甚至不歡迎跟一個不認識的大人同座，更別說是跟一名恐怖的大盜紳士坐在一起！久瑠美小姐突然開始想起別的事情。

如今，沒有人知道這輛車廂有　個恐怖的紳士。只有我知道。所以我也可以假裝不知情，在國府津下車吧？

可是，她還是有點猶豫，像自己這樣的少女，真的能在膽小又發抖的情況下，通知別人這件事嗎？

在遠方松樹林的另一頭，已經可以看見熟悉的國府津山巒。

「對了，差不多該把行李拿下來了。」

久瑠美小姐突然回神，下定決心，安靜地站起來。她的手腳還抖個不停。宛如在夢遊一般，怎麼也沒辦法拿下行李架上的包袱。

好不容易才把包袱拿下來。

紳士依然在打瞌睡。

這時，久瑠美小姐將裝著賀禮的包袱放在膝上，她浮然閃現一個異想天開的主意。久瑠美小姐的手腳抖得比先前更厲害了。不過她的眼裡突然浮現充滿生氣的光彩。

久瑠美小姐迷惘了好一陣子，思考該不該動手，當她看見國府津的大海出現在窗外時，久瑠美小姐把手伸進制服的口袋裡。取出那只繫著大紅色緞帶，小巧美麗的木盒子。

那是她偷偷買下來，要送給信子小姐的香水。

久瑠美小姐像是被什麼附身似的，以顫抖的手，解開美麗的緞帶，撕下貼紙，打開木盒子的蓋子，取出裡面那只圓潤、可愛的香水瓶，打開瓶口。

久瑠美小姐安靜地往前傾。

她以顫抖的手，將打開的香水瓶遞到打瞌睡的紳士身邊，快要碰到身體的時候，迅速將瓶口朝下，毫不惋惜地，把內容物全都倒到紳士的衣服上。

列車在國府津車站停靠。

留下還在打瞌睡的紳士，久瑠美小姐走下車。離開車站之後，她露出宛如剛才放了火一般的緊張表情，前往位於車站正前方的派出所。

五

由湘南到伊豆各站之間，警察的專線電話積極地運作著活動。

由小田原到伊東的十一個車站出口，都悄悄地配置了日光銳利的便衣警察，他們不是用眼睛，而是以鼻子聞著味道，同時假裝成一般的旅客。

這裡是熱海車站。

上午十點四十六分，當前往伊東的列車到站，大批旅客從廣闊的月台走出來。

一名詭異的紳士混在人群之中，……紳士渾身上下散發濃烈的香水味，右手插在薄大衣口袋裡，露出一副莫名其妙的表情，鼻子吸個不停，撥開人潮，走向出口。

每個人都聞到紳士身上的濃烈香氣，嚇得站在原地，以不可思議的表情，或是厭惡的表情，轉頭看紳士，目送他離開。

紳士露出不明究裡的表情，有點不知所措，加快了腳步。

從他身上散發的芳香，被自然吹來的風吹散開來，讓更多的人停下腳步，以不可思議的眼神盯著紳士。

紳士似乎快要哭了。這時則是滿臉通紅，邊走邊喃喃自語，不知道在碎唸些什麼。現在，他更加手足無措，步伐搖晃，從月台走向地下道，再從地下道走向車站出口，爽朗的五月微風正好在車站刮起一片香水風暴，隨後才逐漸散去。

像這樣的紳士，應該躲不過打從剛才就猛聞個不停，在車站出口等待的警察吧。

當天晚上，久瑠美小姐回到東京的家，警視廳的高層警官、XX銀行的經理以及報社記者的人們正好登門造訪。

他們替她拍了照片，問了許多話，銀行經理說：

「小姐。感謝您幫助我們的銀行。我們想送您一份禮物，請問您想要什麼呢？」

久瑠美小姐猶豫了一會兒，悄聲說：

「真的嗎？感謝您的好意，可以買我用掉的香水給我嗎？我本來打算把它送給堂姊信子小姐。」

「哦哦，小姐。我們會送您更多的禮物。這個當然不用說了，請告訴我們一項其他您想要的東西吧。」

久瑠美小姐又想了一會兒，有點害羞的低喃。

「那麼，希望你們能送我三明治。」

「三」字旅行團

每天一次，時間幾乎只有短暫的五分鐘到十分鐘，儘管如此，聽著這個不可思議的故事，讓阿傳覺得這四天宛如在聽故事連載，非常有趣。

一

紅帽[1]的阿傳早就發現那群奇妙的女性旅客。

阿傳是東京車站的紅帽。東海道線的月台是阿傳的職場，客源就是每一天上下火車的旅客，總之，察覺旅客有異，並不是什麼奇怪的事，當阿傳察覺之後，並沒有對這件事情多做思考。

畢竟這裡可是一天有數萬人進出的大東京玄關。即使有一、兩個奇妙的客人，也不是什麼大不了的事，而且，一旦列車到站，他就要忙著招攬客人了，根本沒心思管這種事。所以，阿傳頂多只能在沒招到客人的無聊時候，才有時間關心這群女性的事。

不過，仔細思考過後，會發現阿傳看到的這些女性顧客真的是奇妙的旅客。她們並不是從東京車站搭乘火車的客人，而是在東京車站下車的客人，幾乎每一天都會固定有一位現身。每天都是不一樣的女性，不管是容貌跟打扮都不盡相同，跟其他女性乘客也沒有什麼差異，不過，那名旅客一定會從下午三點抵達東京的急行列車下車。仔細觀察後，還會發現一定是連接急行列車前方的三等車廂，從前面算來的第三節車廂下車。而且，一定會有一名看起來個性很好的男性過來迎接那名女性，來接送的男子手上提的行李，一定會掛著小巧精緻的行李吊牌，上面用紅色油漆，斗大地寫著「三」這個字。

阿傳可是靠著旅客的手提行李，以及於攜帶手提行李的旅客討生活的紅帽。乍看之下只是一名平凡無奇的女性顧客，在隨時客滿、下車乘客極多的擁擠狀態下，無意中發現那些提著掛了寫著「三」字行李吊牌的奇妙行李，從三點的急行的第三節三等車廂下車的女性乘客，也不是什麼不可思議的事。

至於阿傳之所以察覺那些奇妙女性，原因倒不是那件行李，而是那名每次都接過客人的行李，看來個性很好的男子。

譯註1　過去在車站為乘車搬運行李的人。

儘管那名男子長得一副脾氣很好的樣子，卻不是什麼儀表堂堂的模樣。總是穿著有點髒的西式服裝，看起來頂多像個拉保險的人。每天快到三點的時候，他會把月台票夾在帽子的緞帶裡，悄悄出現在月台上，混在其他接送乘客的群眾裡，等待火車到站。待火車到站後，男子一定會走進第三節三等車廂，不久便陪同那個奇妙的女性乘客下車，那名乘客跟著男子下車時，阿傳早就忙著處理自己的客人的事，終究是沒能認得女子的長相，前來迎接的男子倒是每天都會見面，不知不覺中就認得他了。

二

剛開始，阿傳以為那名接送的男子是幫某個旅館攬客的下流之人。也曾經以為對方是討厭的競爭對手。然而，隨著時日經過，原本只覺得他攬客的技巧太好了吧，後來又察覺手提行李的「三」字，以及三點的第三節三等車廂，他開始萌生這個想法，看來對方並不是單純攬客的人，而是某種團體的導遊。最後，阿傳的疑惑全都集中在那個每天二點搭火車前來東京的奇妙女性乘客身上。

真是群怪女人。她們好像愛慘「三」這個字。阿傳不急不徐地想著。

然而，阿傳本來就不擅長深入思考事情，不管過了多久，都沒能想出一個能解決這個問題的好方法。

不知不覺中，過了一個月、兩個月。在這段期間裡，為「三」字瘋狂的女性乘客幾乎每天都搭乘三點急行列車的第三節三等車廂前來，一如往常地隨著前來迎接的男子，由剪票口離開。仔細想想，這可不是一件容易的事。直到現在，每天來一個人，已經有將近一百名形形色色的女子，用有點瘋狂的方式抵達東京。而且這還是自從阿傳發現之後的大致計算，如果這些奇妙的旅客們，早在被阿傳發現之前，就持續前述的行為，不知道有幾百個瘋子，用同樣奇妙的方法來到東京了。阿傳覺得有點可怕。關於「三」這個數字，不管怎麼想，都讓他感到有點焦慮，他覺得自己已經無法獨力承擔這個祕密了。

於是，阿傳終於下定決心，他決定要向那位奇妙的「導遊」搭訕。

某一天下午三點的十分前。那名男子一如往常地悄悄現身在月台上，站在多數接送乘客的人後方，傻傻地等待三點的急行，阿傳不經意地湊過去，說：

「每天辛苦您了。」

男子突然露出奇怪的表情。接著非常慌張地說：

「沒什麼，每天招待客人，都快撐不下去啦。」

說著，他以可憐的眼神望著阿傳。阿傳立刻說：

「唉，我也幹了二十年的紅帽，我最清楚等客人上門的痛苦心情了。……不好意思，恕我問個失禮的問題，為什麼你接的全都是不可思議的客人呢？」

男人默默瞪大了眼睛，露出更怪異的表情。

三

「欸，您別誤會了。我只是好奇心比較強一點。我沒有特別注意，不過能看到您每天的客人，不管是時間也好、車廂、車票、行李吊牌，全都是跟三這個字有密切關係的女性呢。我在想是不是有什麼有趣的緣由呢？我這人的好奇心作祟，才會請教您。」

男子的表情比之前還要困惑，沉默地站了一會兒，不久，他像是下定決心似的，小聲地開口。

「坦白說，您的觀察沒有錯。我是『三』字旅行團的員工，也有點類似導遊吧。我也是受僱於人，不知道太多細節，您的觀察沒有錯，我的客人跟『三』字旅行團之間，有著特殊的淵源。」

「哦哦。不知道您是否方便告訴我呢？」

阿傳忍不住把身子往前傾。這時，三點的急行列車吐出猛烈的廢氣，滑進月台。

「下次再聊吧。」

男子留下這句話，一如往常地走進第三節三等車廂，今天陪著一名特別美麗，年約二十八、九的優雅女性，提著大大的背包，前往剪票口的方向，乖巧地跟在女性身後，走下地下道。由於旅客下車了，阿傳也十分忙碌，那天的事就暫且不提，把事情拋到腦後去了。

第二天，當「三」字旅行團的導遊一如往常地抵達月台，再次向阿傳強調，他只是受僱於人，不曉得什麼細節，接著說起昨天的後續。不過整個內容相當長，根本不是等待火車抵達的短暫時間內就能一口氣說完的話題，他後來又分了三、四天，好不容易才把內容交代完畢，……所謂的「三」字旅行團似乎與一般營利的旅行社完全不一樣，是一種慈善志工協會，會長敬畏陰德的概念，基於他的志向從事活動，會長的名字當然完全保密，大致來說，他們旅行團的工作如

「三」字旅行團

下，服務對象是居住於特地地區，沒有雙親，三十歲以下的女性，只要她們想到東京旅行，該協會將會全額提供交通費、住宿費、零用金等三種經費，讓她們進行一場完全免費的愜意旅遊，好康得簡直跟詐騙沒什麼兩樣。其中，只有一個比較麻煩的條件，符合前述資格者，必須經由該區分會分部長的推薦。所謂的分部長，據說是該地區頗有人望的慈善家，獲得分部長推薦之後，符合資格的志願者將會收到「三」字的標誌，要把它掛在手提行李上，搭乘三點抵達東京的第三節三等車廂，前往東京。前來迎接的導遊就會憑該標誌尋人，在三點三十分以前引導她到協會的辦公室，會長會在這時來到辦公室，將旅客所需的經費（據說必須要壓低在三百圓以內）交給她。這就是全部的條件，接下來就可以盡情去旅遊、辦事情了，要待幾天、要住在哪裡、何時離開東京，全都可以自己決定，也不需要導遊接送。然而，說到那位會長，好像是窮人出身，現在已經十分富裕，也上了年紀，自從某次偶然開始這個協會之後，不論晴雨，每天下午三點半都會來到辦公室，與導遊帶來的旅客見面。所謂的見面，也只有三分鐘左右，會長給了錢就會迅速離開。因此，一天只能招待一個人。

然而，這位奇妙的蒙面會長，為什麼會開始這個奇妙的志工協會呢？為什麼又要提供全都是三字的服務呢？儘管阿傳聽完大致的內容，提出疑問後，「三」字旅行團的導遊換上穩重的口氣，進行以下的說明。

「對對對，我想你一定會覺得這幾點很不可思議吧？我也問過協會的會計這幾個問題，他也毫不知情呢，好像是會長年輕的時候很窮，沒能把孩子照顧好。他有一個女兒，名字好像叫做三枝，那就是一切的起源，女孩原本由母親照顧，後來，女孩三歲的時候，可憐的母親生了一場病，死了，女孩則交給關西那邊的某個善心人士扶養，這女孩很快就成長為一名非常伶俐的孩子，開始上學的時候，已經隱約察覺自己的身世，經常想著要去東京看看。可惜的是，三枝體弱多病，年紀愈長，身子愈差，從女子學校畢業時，已經病得很嚴重，好像只能臥病在床了。……我想應該是染上什麼肺病吧。後來，她的病情時好時壞，卻始終沒辦法恢復到足以前往東京的地步，一直過著臥病的日子，就這樣過了十年的時間，正好在三十歲的三月，就此敗給病魔，臨終的時候，還一直嚷嚷好想去東京。那時，東京的父親幸運發了大財，在偶然的機緣下，與養育那孩子的父母見面，這才聽說女兒已經亡故的可憐故事，失去子嗣的父親，受到劇烈的打擊，差點發瘋，過去只顧著賺錢的頑固念頭因此鬆動，他下定決心，打算窮盡一切身家財產，替可憐的女兒祈福。後來，就用了可憐女兒的名字，以及與她的命運息息相關的『三』字，創立『三字旅行團』，再請養育女兒的善心人士擔任分部長，在他的推薦之下，每天找一個人，當然是物質匱乏、舉目無親，寂寞的三十歲以下女子，而且想要到東京旅行的人，請她們成為『三』字會員，提供全都是三字的服務，我聽到的事情大概是這樣。雖然是很長的故事，現在你已經了解我跟奇妙的旅客，以及『三』字旅行團的關係了吧。……不過，我想拜託你一件事，之前也說過，由於會長是不想張揚善行的人，請把我告訴你的話藏在心底就好，不要再向別人透露。……哦，看來列車來了。」

說著，那名奇妙的導遊結束了漫長的話題，向感動地呆立於原處的阿傳點點頭，跑向剛抵達的列車，迎接今天的客人。

四

阿傳花了四天的時間聽完整個故事。每天一次，時間幾乎只有短暫的五分鐘到十分鐘，儘管如此，聽著這個不可思議的故事，讓阿傳覺得這四天宛如在聽故事連載，非常有趣。

從此之後，阿傳與「三」字旅行團的導遊便十分熟稔，簡直像朋友一般。話雖如此，兩人見面的時間總是十分短暫，兩個人都要接待自己的客人，沒辦法每天都親暱地說上幾句話，不過，雙方眼神交會之時，都會愉快地打招呼。阿傳覺得自己似乎也成為導遊、他背後的旅行社，還有幸運旅客們的一分子，沉浸於那種難以言喻的氛圍之中。仔細想想，在阿傳的眾多同事中，只有阿傳一個人知道這個故事。阿傳甚至覺得洋洋得意。就這樣，又過了十天、二十天。

如果故事就這麼結束，那就沒什麼好說的了，卻在某個偶然的機會下，發生了一件大事，導致阿傳與「三」字旅行團導遊私下的好交情瀕臨破滅。

某一天。阿傳在紅帽休息區吃午餐，在車站出口剪票的宇利意外地現身，對他說：

「阿傳。你也算是紅帽的老大，說不定已經知道了，你知不知道每天三點的火車都會來一名女性乘客，而且都被同一個男人接走？」

「是的，我知道。」

「你覺得如何？是不是很奇怪？」

阿傳放下便當，把嘴裡的飯菜吞下肚，緩慢地面向他，

「很奇怪啊。說來話長，是一個叫做『三』字旅行團的東西……。只有我知道這件事。而且我還被下了封口令，如果是宇利先生的話，我想可以偷偷告訴您。」

阿傳早就想把心裡的秘密說給別人聽了，宇利正好提問，也沒什麼特別的理

由，就把前幾天從導遊那裡聽來的內容，得意洋洋地全都說出口了。宇利聽完之後，微笑起身。

「謝謝。對了，阿傳。我想拜託你一件事，今天三點，可以請你到剪票口，站在我旁邊嗎？我會付給你扛五件行李的工錢。拜託囉。沒問題吧？」

阿傳二話不說，立刻答應了。雖然不知道是什麼事，總之，可以賺到扛五件行李的工錢。

不久，三點終於到了。阿傳站在宇利身後，在剪票口發呆，三點急行的旅客們有如洪水般湧過來。阿傳立刻挺直了身子，望著旅客的方向。

今天「三一」字旅行團的客人是一名年約二十二、三歲，穿著洋裝的女孩。她讓導遊提著她的大行李，一臉開心地走在正中央，逐漸往這邊走過來。

不久，當那名洋裝女孩來到宇利的面前，遞出車票後，宇利接過票，讓女孩經過，接著突然伸出手，擋住乖乖跟在後頭，以眼神向阿傳打招呼，正要經過的導遊。

「喂，你等一下。耽誤你一點時間，請過來一下。」

宇利很快說完，迅速將導遊推向阿傳旁邊，接著又忙著收取後面的人的車票。

導遊突然慌了起來。他嘴裡唸唸有詞，推開人潮，同時將月台票遞給宇利，以下巴指著已經走到出口五間遠處，站在原地回頭看的女孩，

「我拿著客人的行李，不讓我過去的話，可就麻煩了。」

宇利不發一語，再度把導遊推到阿傳身邊，以飛快的速度拿走導遊手上的行李，以嚴厲的語氣對阿傳說：

「阿傳。把這件行李拿給客人吧」。」

「不成，不成，這是我的工作，非得要我拿才行。」

宇利已經背過身，繼續工作，像在罵人似地說：

「阿傳。快點。我有事找他，行李就由你交給客人吧！」

雖然他只是剪票人員，也算是阿傳的頂頭上司。阿傳果決地拿起行李，憑本能跳過柵欄，衝到站在原地的女性乘客旁。

五

這時，怪事發生了。那位妙齡美女露出非常不高興的表情，

「真沒禮貌。那才不是我的東西呢。」

丟下這句話之後，她便轉身快步走向出口，旋即不見蹤影。

另一方面，剪票口又發生一場騷動。到底發生了什麼事呢？那個導遊竟然從宇利的背後把他推開，想要越過柵欄，被宇利攔下來，兩人一陣推擠扭打，最後終於被其他趕過來的站員壓制，他似乎死心了，被帶到辦公室。宇利再度轉頭，迅速繼續自己的工作。一切恢復平靜。

當天晚上，沒排班的宇利來到紅帽休息區，笑著對正在發呆的阿傳說：

「喂，阿傳。你要振作點啊。……你是不是歷史故事跟小說看太多了？竟然相信『三』字旅行團這種胡說八道的東西。那種故事全都是亂編的。不久之前，

我也發現那個導遊跟客人有點奇怪。不過，因為工作的關係，我不像你產生天大的誤會哦。首先，你聽到的說法是『三』字旅行團的女性乘客來自特定的地區，對吧？我每天都會收取那位特定女性乘客的車票，起點站有大阪、靜岡、神戶，名古屋，全都不一樣，才沒有什麼來自特定地區這種事呢。這下子，你還敢相信那個奇怪的社行團嗎？之前相信過也沒關係。總之，什麼會長啦、會計，還有過去由他擔任導遊的幾百位旅客，全都是胡說八道，子虛烏有。退一步來說，今天抓到的導遊其實是會長，然後，分部長在另一個車站，最多只有這樣了。至於這名分部長出差的某車站，我很久以前就著手調查了。是近才得知是大阪車站。……我立刻陳報事情的概要。今天抓到的男人，是神田某家鋼筆店的經理，叫做三角太郎，可是一名厲害的大師哦。這家鋼筆店在大阪有一座工廠。直到去年為止，鋼筆店經常收到大阪工廠寄來的大量鋼筆，總數可能有好幾萬枝吧。原本，三角太郎都親自處理這份工作，他跟今天早上應該已經在大阪被捕的同伙『分部長』想出一招，開始詐騙運費。也就是說，他們把偶爾大量寄出的包裹，分成每天一小批，放在背包、行李箱、瓦楞紙箱或是包袱裡，任何形式都沒差。總之，他們包裝成一個可以手提的行李，再掛上以紅色油漆寫著三的行李掛牌，先由大阪的『分部長』帶到大阪車站，購買月台票，假裝接送客人，放在三點抵達東京的列車，第三節三等車廂的行李架上，接著再若無其事地離開。列車將它視為顧客的行李，乖乖將它送到東京車站。到了下午三點，三角太郎再到東京車站購買月台票，假接要來迎接客人，進入月台，再從三點抵達的急行車的第三節三等車廂的行李架上，拿走『分部長』放妥的，標示著顯眼『三』字記號的行李，隨便跟在一名乘客身後，假裝自己前來接那位客人，離開車站，這就是他們的手法。之所以跟在女性後頭下車，也是人之常情。反正隨便跟哪個人都無所謂，比起跟在糟老頭身後，跟著年輕女孩的時候，心情當然比較好。總之，他們用這種方法，一天做一次，原本要花好幾圓的運費，現在只要大阪跟東京的兩張月台票——二十錢就夠了，是一個很方便的方法。而且他們不只做兩、三次，在將近一年期間，每天都這麼做，省下的金額非常龐大。你現在明白了吧？『三』這個字，只是標示運送包裹的列車、車廂跟行李。因為你發現又提問了，所以他才當場編故事騙你，攏絡你這個好事的人。對了，阿傳。我也來開個玩笑吧……請問今天是幾日呢？」

阿傳皺了皺眉，立刻跳起來，說：

「啊，對了，今天是三日！」

寒夜新霽

從消失的方式看來，不管怎麼樣，都像是滑雪者長出翅膀，又或者是後來雪下在痕跡上，導致痕跡消失了，……除此之外沒有其他的可能性，眞是奇怪又巧妙的消失法。

白雪皚皚的季節又來臨了。一說到雪，我就會立刻想起可憐的淺見三四郎。

當時，我在北國盡頭的某個城鎮（姑且稱它為H市吧），我在那所H市的縣立女子學校擔任平凡的國文老師。淺見三四郎是同一所女子學校的英文老師，也是當時我要好的朋友。

三四郎的老家在東京。聽說是相當富裕的商賈之家，不過三四郎是老二，個性也比較特別，從W大學的英文系畢業後就成為老師，沒有多想就出發前往各地旅行。據說他以文學為志向，如今未能如願，在H市和我結識時，年紀已經三十好幾，是有個八歲孩子的好爸爸了。他是個有點急性子的男子，也是一個沒有心機的大好人，我們很快就打成一片了。不過我倒也不是他最親近的朋友。三四郎跟每個人的關係都很好，所有人或多或少都對三四郎抱持著好感。也許是因為他的老家很富裕吧，他在職員之中也是心胸寬闊、人際關係良好，沒什麼奇怪的原則。看起來怎麼也不像是會走上晦暗文學之路的男子。儘管我們很快就建立起親密的友誼，我馬上就察覺了這件事。

其中，最讓人會心一笑的，就是三四郎在家裡的模樣。他深深愛著美麗的妻子與心愛的獨生子，那份情感已經超越了女學生們的訕笑之情，成了她們尊敬與羨慕的目標。事實上，每個老師一定會被學生取綽號，我唯獨不曾聽過三四郎的綽號。這甚至可以說是不可思議的事了。

現在回想起來，一切的禍根，或許早已在三四郎圓融的個性之中，深深地扎了根。

當時，我住在H市的郊外，離三四郎家最近。因此，第一個接獲恐怖訊息的便是我，事情發生得很不巧，當時，三四郎本人正好不在家，這場意外讓我慌了手腳。三四郎之所以不在家，乃是因為他當時接獲學務部的任命，請他到縣內山間地帶新開設的農業學校，在學期結束前，擔任為期一個月的臨時講師。那所農業學校預定於二十五日開始放寒假。因此，三四郎也計畫在二十五日晚上回到H市的自家。然而，不幸的事件卻比三四郎早了一天，發生在二十四日的夜晚。

打從那個月初起，在三四郎外出的家裡，來了一名叫做及川的M大學學生，他算是妻子比露子的表弟。我不是很清楚該名男子的事情。只知道他是一個開朗又出色的青年，在大學加入滑雪社，每年冬天都會來雪國的表姊家。在H市的郊外，每到了十二月，就能從院子裡開始滑雪。及川、比露子還有那一年剛上國小，三四郎最寶貝的獨生子春夫三個人，在三四郎不在的期間，在家裡共同生活。說起來，及川更像是三四郎外出期間的保鑣。儘管如此，奇怪的事件還是驟然降臨。

十二月二十四日那天晚上，打從一早就灰濛濛的鉛色天空，到了傍晚又出現變化，開始飄起片片白雪。原本若有似無的雪，到了六、七點，降雪量逐漸增加，大雪紛飛，到了八點，降雪又像是拉起舞台的簾幕一般，嘎然而止，深遠澄淨的星空從乍然止息的雪雲中探頭，漸次開展。這種天氣的急劇變化，在這邊並不是什麼稀奇的事。每逢深冬，以大寒到節分之間的三十天為中心，天氣總是變化多端。平時白天總是覆蓋著一層厚重的烏雲，到了夜裡，竟出人意表地轉晴，明月與星子，在澄澈的深青色夜空中，綻放著冷冽的光輝。當地人稱這種現象為「寒夜新霽」。

我在八點左右，用過稍晚的晚餐，女子學校也放寒假了，所以我正準備前往南方的某處旅行。

由三四郎擔任學年主任的補習科[1]A班，有一個叫做美木的學生，她突然跌跌撞撞地衝進來，向我通報三四郎家中發生的凶案。我覺得自己彷彿在寒空中被潑了一盆冰水，儘管如此，我還是立刻套上滑雪裝備，慌慌張張、手足失措地跟著美木一起衝出門。

出門的時候，市內的教會正好敲響聖誕夜的鐘聲，當時一定是九點。

美木是一名身材高挑、活潑有朝氣的少女。不管在哪個女子學校，都會有兩、三個由早熟少女組成的團體，她正是其中一員。她已經會化妝，經常改變裙子的長度，筆記本的角落總是寫滿了詩人的名字。美木經常去三四郎家玩。雖然她的說法是「我想請教淺見老師文學的問題」，不過三四郎不在的期間，她也多次拜訪，說不定她想了解的「文學」並不是三四郎，而是及川吧。總而言之，美

譯註1　在當時的制度下，女子學校相當於今國中部，補習科則相當於高中部。

木當天夜裡也前往三四郎家拜訪。不過，門窗都沒關上，裡面也聽不見人聲，她覺得十分可疑，輕率地拉開從玄關通往屋裡的大門。發現家中的異狀之後，她才跑到距離最近的我家。

利用滑雪的方式，只要花不到十分鐘的時間，就能從我家抵達三四郎的家。

三四郎的房子以圓木搭蓋而成，類似山間小屋風格，別緻典雅的屋子，在相同設計的三棟房子中，位於最右邊的屋子。最左邊的人家可能已經休息了，窗戶已經拉起窗簾，正中間的屋子一片漆黑，掛著出租的牌子。來到三四郎家門口，美木已經不停發抖，動彈不得。於是我請她到距離不遠處，同一所女子學校的物理老師，田部井老師家求援。接下來，儘管我全身緊繃，還是硬著頭皮走進三四郎家裡。

玄關隔壁就是兒童房。牆上以圖針掛著拙稚的蠟筆畫，畫著「陸軍大將[2]」、「鬱金香士兵」。房間中央擺著一盆小巧的樅樹盆栽，在茂密的枝葉上，掛著以金蔥線、色紙製成的花或鎖鏈等裝飾，還積著一層棉花製成的白雪。這是三四郎赴任臨時講師之前，特地為心愛的春夫買來種植的聖誕樹。

不過，走進房間後，我第一個看見的便是鋪在房間角落的小桌子前方，聖誕樹的小主人的床鋪。床上的棉被已經被掀開，找不到原本應該已經入睡的孩子。在失去主人的聖誕樹上，銀紙星星閃爍著，偶爾隨風搖曳與旋轉。

就在下一秒，我在通往後方起居室的門口，發現這間房間的另一位臨時主人及川，他的頭朝向我這邊，俯臥著被人打倒在地。這意外的發現讓我嚇得停止呼吸，我發現經由敞開的門通往另一頭的起居室裡，應該十分凌亂，我立刻振作精神，心驚膽跳地踮著腳尖走向房門，一邊看著倒在腳邊的人，一邊窺探起居室內部的情形。

房裡有一座火爐，置於貼著波浪板的木框上，三四郎的妻子比露子像是頭被按進火爐似的，倒在地上。她的頭髮已經燒焦，房裡飄散著令人作嘔的臭味。

在驚懼與意外之下，我不停顫抖，呆若木雞，不過我拼了命地強打起精神，

譯註2　相當於我國的上將。

蹲下來，畏畏縮縮地觸摸及川的身體。那當然已經不是活人的身體了。

及川與比露子似乎都曾激烈反抗，以非常凌亂的狀態倒臥在地。兩人從額頭起，臉上、手臂、脖子，所有露出的部分，似乎都被某種物體毆打，可以看到大量紫色的傷痕。我立刻就看到凶器了。一支火爐的鐵製爐灰鏟，彎成大角度的く字型，扔在及川腳邊。起居室特別凌亂。椅子倒了，桌子被推到一旁，原本應該放在桌上，裝玩具的大型瓦楞紙箱，已經被撥到長椅子前的地板上，濕答答而且被踩扁了，從裡面灑出來的玩具汽車、小玩偶、漂亮的大陀螺，跟一起灑出來的牛奶糖、糖果、巧克力動物混在一起，失去小主人的玩具們，同樣散發一股空虛的天真氣息。

如果我現在衝進來的是我不認識的人的家裡，碰到這種場面，我恐怕沒辦法這麼仔細地察看現場的情況吧。我一定會飽受驚嚇，看到死人就直接衝到派出所報案了吧。不過，比起眼前所見的恐怖景象，這時的我感到一股肉眼看不見的、更恐怖的氣息。我衝進屋子後，察覺的第一件事就是沒看到寶貝的孩子。說來有點奇妙，比起我眼前被殺害的死者，我更擔心被擄走的孩子，十分不安。我跟及川與比露子一樣，都要對不在家的三四郎負責。

三四郎的家裡一共有四間房間。我勉強壓抑著害怕的心情，立刻調查其他的房間，不過，我找遍整間屋子，都沒看到孩子的身影。

不久，我突然想起一件事，立刻停下腳步。在發生慘案的房間裡，窗戶一直敞開著。這件事確實可疑。在這麼寒冷的夜晚，不可能把房間的窗戶打開。我立刻浮現詭異男子的身影，他殺害了兩個大人，擄走孩子，慌慌張張地，也沒關上窗戶就逃走了。於是我又心驚膽跳地回到原本的房間。我緊貼著牆壁，像要提防看不見的敵人，悄悄地窺探窗戶外面。

我果然在窗戶下方的雪地上，找到我預料的事物。凌亂的痕跡，即使在夜裡也清晰可見，顯然是從那裡滑雪前進的痕跡。那零亂的痕跡滑出兩道線條，越過籬笆的間隙，消失在泛白的黑暗當中。遙遠的黑暗星空下，依然響徹的聖誕鐘聲，猶如惡魔的低語，從遠方傳來幾乎令人作嘔地清晰聲響，「鏘鏘鏘」。

我毫不猶豫地下定決心。我立刻回到大門口，套上自己的滑雪裝備，衝到屋外，繞到後門的方向，來到後頭，敞開的起居室窗戶下方。

殘留在雪上的滑雪痕跡，確實有兩道，那肯定是一個人滑過留下的痕跡。我立刻小心不要踩到痕跡，越過籬笆，開始跟蹤那道痕跡。

我才往前滑了一小段路，立刻就發現有力的線索。儘管那個滑雪的痕跡，滑在平地，卻沒有用兩枝滑雪杖輔助。滑行的痕跡左側可以看到滑雪杖拄在地面的痕跡，每隔兩、三間[3]就能看到滑雪杖前端檔泥板撥開白雪的痕跡，不過右側卻完全看不到。

我的心跳加速。看來我的預料是對的。也就是說，這名滑雪者左手拄著滑雪杖，右手卻沒辦法拄滑雪杖。他的手上肯定抱著某個東西，以至於無法拿滑雪杖。我彷彿可以看見不斷掙扎的孩子，被詭異的男子抱在懷裡。我愈來愈緊張，追逐著前方源源不絕的滑雪痕跡。

可疑的滑雪痕跡越過籬笆，穿越空地，通往安靜的小巷子。這一帶也算是H

市郊外的新開發住宅區，零星散布著種植大量植物的人家，有很多不知道是空地還是田地的雪地。

這場雪是從傍晚下到八點的新雪，美麗的雪地表面，幾乎沒有其他滑雪的痕跡，偶爾在其他人家前方與新的滑雪痕跡交叉，也會與狗的足跡重疊，除此之外，可疑的滑雪痕跡並無阻礙。不過我並不明白對方的想法。我不停地顫抖，同時益發小心地，在閑靜的夜空下往前滑行。

可疑的滑雪痕跡終於從小巷子右轉，進入寬廣的大雪原。空地對面行經三四郎家前方，通往市區的大馬路。滑雪痕跡斜向穿越那片空地，看來似乎打算滑向對面的大馬路。在這個狀態下，我有機會在半路尋求警方的協助。我突然又找回活力，在那片相當寬廣的雪原上，斜向滑往對面的馬路。不過，我的打算卻以荒謬的結果收場。

譯註3　一間約為一．八公尺。

剛開始，我認為滑雪痕跡會通往大馬路，這個想法本來就有問題。我原本抱著這個念頭，斜向穿越雪原，滑過半片雪原之後，我竟然在不知不覺中，跟丟了可疑的滑雪痕跡。我嚇了一跳，連忙四處張望。不過，雪的表面沒有任何痕跡。只見我滑過來的痕跡，慢慢地繞著圈，極為悠閒地留在雪地上。

我嚴厲地教訓自己，慌慌張張地向後轉。急忙搜尋周遭，往回走到原本的空地入口。不管我走了多遠，不管我怎麼找，都找不到那可疑的滑雪痕跡。這下太奇怪了，我不知如何是好。

然而，當我回到空地入口的附近時，我總算在淡白色的雪地表面，再次發現剛才的滑雪痕跡。我鬆了一口氣，心想這次可不能再跟丟了，我一直沿著痕跡，像拉著繩子前進似地往前滑。跟著跟著，痕跡依然斜向越過原野，前往大馬路。我怎麼會跟丟這傢伙呢？我再三斥責自己，小心謹慎地盯著痕跡。這回，當我慎重地前進時，我逐漸發現事情似乎有蹊蹺。

這是因為當我滑到雪原接近正中央的地方時，也不知道怎麼回事，那個可疑的滑雪痕跡變成十分淺，原本的痕跡就是在舊積雪的新雪之上，本來就不深，不過這時又變得更淺了，怎麼會這樣呢？愈往前進，愈往前走，那痕跡愈來愈淺、愈來愈淡，像是在嘲諷驚訝的我，來到空地的正中央時，原本在雪地滑行的物體，似乎飛到夜空之中，影子愈來愈淡，最後終於消失殆盡了。

從消失的方式看來，不管怎麼樣，都像是滑雪者長出翅膀，又或者是後來雪下在痕跡上，導致痕跡消失了，……除此之外沒有其他的可能性，真是奇怪又巧妙的消失法。

我在驚慌的同時，仍然不斷思考。不過，一如前面所述，傍晚下過一場雪，到了八點就嘎然而止，進入「寒夜新霽」，後來再也不曾降雪。退一步想，假設真的下過雪，覆蓋住以下痕跡的雪，為什麼沒有覆蓋從現場到這裡的痕跡呢？雪應該會下在每一個角落，一定會覆蓋所有的痕跡才對。……有沒有可能是這片原野刮起奇妙的風雪，刮風下雪，只掩蓋一部分的痕跡呢？不過，在那天晚上，絕對不曾刮起會導致這種風雪的大風。……我像是被什麼東西附身的人，呆呆站在雪原。不吉利的鐘聲未曾停歇，宛如惡魔的嘲笑，震動著澄淨的空氣。

不過，我總不能一直站在原地發呆。我急著得知被擄走的孩童是否安全。家裡有兩名死者。現在我已經不能再猶豫了，必須報警才行。

我很快就下定決心，一直線衝往市區。我衝進最近的派出所，通報事件，跟派出所的年輕員警一起沿著原來的路折返，不過，雪原的消失事件，一直懸在我的心上。

不久，我們總算抵達三四郎的家，左鄰右舍似乎已經察覺事件，有兩、三個人已經套上滑雪裝備，正打算去報警。手足無措的美木混在人群裡，泫然欲泣地站在三四郎家門口。美木叫來田部井，他在家裡應該跟我想著同樣的事，把門拉得喀啦作響，在各個房間尋找孩子的下落。

警察走進屋裡查看現場，立刻對我與田部井說，在警察局派員前來之前，請勿進入現場的房間。接著聚集在三四郎充當書房的房間，把門外的美木叫進來，聽取事件的經過。

美木跟我都十分亢奮，說著前述發現的路徑，說明這個屋子的一家人，時而插嘴，順序顛三倒四地說完了。不過，田部井相當冷靜，也鮮少開口。

不久，一名肥胖，看似長官的警察，帶著幾名部下抵達現場，開始調查現場。喀嚓喀嚓，他們也閃了兩、三次閃光燈，拍下現場的照片。查驗完現場後，警方繞到房子外面，在窗戶底下集合。胖胖的長官聽取方才那位年輕警察的報告，盯著屍體瞧，當窗外的警察們吵吵鬧鬧地跟蹤那道越過籬笆，前往對面空地的滑雪痕跡時，長官似乎再也無法保持冷靜，把後續交給年輕的員警，也走到窗外去了。

我發了電報給三四郎，讓美木跑去郵局發電報。這時，我總算平靜下來，面對田部井。

我剛才在向警方說明的時候，田部井就已經十分冷靜了，這時他似乎又更冷靜了，與其說是冷靜，更像是在思考事情。他到底在想什麼呢？

是不是想到什麼特別的線索呢？

「田部井先生。」

我下定決心開口，

「你有什麼想法呢？」

田部井抬頭，眨著眼睛。

「你為什麼要問我有什麼想法呢？」

「也就是說，」

我望向對面的房間，

「你也看過現場，應該很清楚才對，那個男人做了這麼殘忍的事，把小孩擄走後逃亡，他的足跡竟然像飛進空中似地消失了。這事很奇怪耶。」

「沒錯。確實很奇怪。不過，要說奇妙的話，這起事件打從一開始就很奇怪哦。」

「哦，我倒是沒發現……」

「你認為散落在那個房間裡的玩具跟糖果，一開始，也就是在整起事件還沒發生之前，就已經在那間房間了嗎？」

「我不認為。如果是吃到一半的東西，像是牛奶糖或巧克力，至少會扔著錫箔紙或蠟紙才對，剛才警方還沒到場的時候，我已經找過了，什麼都沒找到。再加上散落在那裡的玩具，全都是新品，而且明明沒有茶灑出來，扔在長椅子前面的破瓦楞紙玩具箱卻是濕的，很奇怪耶。……我想是不是因為蓋子上有一些積雪，在室溫下融化了。……對了，這種無聊小事，不說你應該也知道才對……」

這時，田部井改變口氣，一直盯著我的眼睛，

「不可思議的材料，一開始就備齊了哦，……總之，這是聖誕夜呢，……在雪上滑雪……從窗戶出入……然後回到天國……」

田部井突然沉默不語，再次盯著我的眼睛，像要催促什麼似地說：

「你覺得是誰幹的？……」

「哦哦。」

我忍不住發出呻吟。

「你想說的是……那個聖誕老人嗎？」

「沒錯。也就是說，在那間房間裡……簡單來說，……聖誕老人出現了。」

我有點驚訝。

「可是你不覺得這個聖誕老人很殘忍嗎？」

「對啊。好嚇人的聖誕老人啊。……說不定是惡魔化身為聖誕老人吧。」

這時田部井突然換上一本正經的表情，站起來說，

「結果，他的化身可能失效了。……我們已經解開超過一半的謎題了。好了，接下來讓我們去追聖誕老人吧。」

田部井走到起居室入口，向在裡面頻頻記錄現場情況的員警表示要外出，向我使了一個眼色之後就走向玄關。儘管我還搞不清狀況，看到田部井自信滿滿的態度，我也搖搖晃晃地起身，想著接下來要追蹤的那個奇怪的滑雪痕跡，還有現在肯定已經站在滑雪痕跡的終點，雙手盤胸仰望著夜空的胖胖警官，跟在田部井的身後走出門。

不過走到外面之後，田部井也不知道怎麼回事，並沒有繞到後面的窗口，而

是站在籬笆的正門，四處打量前面的馬路。在那片積雪之上，有好幾個混亂的出入足跡，附近的人們一臉蒼白地站在那邊。到底是怎麼回事呢？

「田部井先生。足跡是從後面的窗口開始的哦。」

「哦，那個啊？」

田部井回頭說：

「那個沒用了。我在找另一道痕跡。」

我忍不住反問：

「另一道痕跡？」

「沒錯。」

田部井笑著說：

「窗外只有一人份的痕跡吧？那個痕跡沒有往返哦。如果聖誕老人要從那裡出來，那就一定會有另一個進入的痕跡，因為進去了，所以才有出來的痕跡嘛。」

後來，他仰望淺見家的屋頂，露出竊笑，

「就算是聖誕老人，也沒辦法從那麼細的煙囪進去吧？……我看這只是童話故事吧？」

原來如此，一定會有從某處進入屋子的痕跡。我察覺自己的大意，臉都紅了。這時，在電光火石之間，我想起一件事。

「田部井先生。我知道了。……八點之前下過雪吧。所以聖誕老人在八點之前上門，等到八點過後，雪停了才離開吧。進門的足跡被雪覆蓋了，只留下離開的痕跡。」

結果田部井竟然安靜地搖搖頭。

「錯得很離譜。不過你這個觀點也很合理。一開始，我看到窗子底下只有一道痕跡時，我也是這麼想。不過，接下來聽你說最後痕跡消失了，我才發現這個想法是錯的。問題在於半路消失的足跡。」

「你的意思是……？」

「你認為是積雪嗎？」

「是的。」

「好，為什麼那場雪下得這麼不平均、不公平呢？」

田部井把手搭在我的肩上。

「你推理的出發點錯了。聽好了……房間裡的人被殺了，寶貝的孩子被擄走了。窗子開著，在外面的白雪上，確實留下一手抱著孩子，一手拄滑雪杖的滑雪痕跡，……觀察到這裡，你已經做出推理，認為搶走孩子的怪人從那扇窗戶逃走了，對吧？這本身就是不對的。」

這時，田部井改變語氣，這次還輔以手勢，

「請你設想以下的情況。……我要開始囉。有一個人，在雪下得正大的時候，這樣走著。……不過，當那個人走到一半的時候，雪突然停了，天氣很快就轉晴了，這時，那個人的足跡會以什麼方式殘留呢？……也就是說，下雪的時候，即使留下足跡，也會馬上消失，當降雪停止之後，從雪停止的時間點開始，就會留下足跡，對吧？如果我們從反方向，從這裡開始追蹤那個人的足跡，就像那個人憑空消失了，足跡愈來愈淡，最後消失了吧？……也就是說，既不是人走過之後才下雪，也不是人在雪停了之後才走過，而是當時人正在走路，走到半路的時候，原本下著的雪停了……，這樣你了解消失的足跡怎麼來的了吧？總而言之，那個足跡的主人並不是當時從這間屋子的窗戶離開，相反地，他當時走了過來。今天夜裡的雪正好在八點的時候停了，表示聖誕老人從城裡過來，進入這扇窗戶的時間，應該是八點左右。」

「原來如此，我懂了。」

我搔著頭補充。

「如此一來，要怎麼解釋他只拄一枝滑雪杖的事呢？」

「這個啊，沒什麼啊。如同你一開始的想法，聖誕老人一隻手應該拿著東西。不過那可不是小孩，而是滾落在房間裡，被雪淋濕的巨大瓦楞紙玩具箱。那是聖誕老人送來的禮物……」

這時，田部井換了個說法。

「好了，這下應該都釐清了吧。窗戶的腳印的確來自外部，除了那個足跡，並沒有離開的足跡，家裡也沒有聖誕老人，更別說是小孩的身影，表示聖誕老人跟小孩一定是從正門離開的。……你最早衝過來的時候，有沒有在門口看到類似的足跡呢？……他們應該比你早一步離開了。」

「呃，我沒看見。……畢竟當時很慌張……」

「那就沒轍了。雖然有點麻煩，我們還是要從這麼多的足跡之中，找出拄著單邊滑雪杖的痕跡吧。」

田部井立刻蹲下身子，找起可疑的痕跡。我當然也跟著他一起，在淺淺的白雪光線中徘徊。大馬路那群看熱鬧的人們，對我們的舉動感到好奇，眼裡閃動著光芒，一直看著我們的一舉一動。

我們與警察們的滑雪痕跡，在白雪之上縱橫交錯，一直找不到單邊滑雪杖的痕跡。後來，前往那道滑雪痕跡終點的警察們似乎回來了，屋子裡相當熱鬧。

這時，田部井來到我身邊，突然問我：

「比你更早來到這裡的人，是A班的美木吧？……美木用的是成年人的滑雪板嗎？」

我點點頭。

「那麼果然是兒童用的。」

他說著一些我聽不懂的話，叫我來到路邊的籬笆，指著那邊的兩組滑雪痕跡，說：

「怪不得找不到單邊滑雪杖的痕跡。孩子並不是被聖誕老人抱走的，而是跟著聖誕老人，自己套上滑雪板離開的。」

原來如此，雪面果真有一組成年人的滑雪痕，旁邊還有一組距離比較窄一點的滑雪痕，往大馬路前進。

「趁警方還沒傳喚我們，趕快追蹤這個痕跡吧。」

我們立刻往前滑。

距離事件已經過了一段時間，我們也不知道痕跡的主人們上哪兒去了。剛開始，我一邊想著這件事，一邊往前滑，不過，沿著籬笆前進五十公尺左右，兩道痕跡像是在閃避對向的東西似的，一起彎進右方。我嚇了一跳。那裡是隔壁的空屋。兩道痕跡穿越低矮的籬笆，避開玄關，似乎從黑暗建築物的側面繞到背面去了。我們都忍不住摒住呼吸。

「沒想到這麼近。」

田部井一邊往前走，臉色慘白地說：

「看來迎接我們的會是不祥的結果……。對了，你覺得聖誕老人是誰呢？……你應該知道了吧？」

我不停顫抖，猛烈搖頭。田部井踩進空屋的院子，

「你已經猜到了，只是說不出口吧？……現在，化身為聖誕老人，從窗戶送來禮物的人，究竟是誰呢？……而且他沒抱著孩子，是獨自滑雪過來的……。七點半左右，確實有火車抵達H市吧？……我總覺得，那班火車上搭著淺見先生，他比原訂計畫提早一天回來了。」

「咦？三四郎嗎！？」

我忍不住大叫。

「怎麼可能……，就算三四郎回來了，他為什麼要做出這麼殘忍的事……？不可能，那麼愛家的男人不可能會做出這種事！」

這時，繞到空屋後方的田部井，在窗戶底下發現大、小兩組脫下來的滑雪板，他立刻跳進敞開的窗子，進入黑漆漆的房裡。我也跟著跳進窗框，這時，在黑暗之中，傳來田部井顫抖的呻吟。

「唉……還是晚了一步……」

隨著眼睛逐漸適應黑暗，我終於看見把窗簾繩子垂掛在天花板上，淺見三四郎上吊的悲慘模樣。腳邊躺著遭到腰帶勒斃，宛如睡著似的孩子。地上還有兩、三顆巧克力糖球。一旁放著折疊整齊的紙張，田部井把它撿起來，看了一下封面，便默默地遞給我。那是三四郎寫給我的，唯一一封遺書。看來那是他藉著雪的反光，急著以潦草的鉛筆寫下的內容，我靠在窗邊，止不住顫抖，強打起精神讀起他的信。

鳩野：

我終於墜入地獄了。不過，我認為我必須將事實的真相告訴你。農業學校因為雪崩的緣故，我比預定提早一天放假了。我搭乘七點半的火車抵達城裡，發現今晚是聖誕夜，於是我為春夫買了禮物，連忙回家。

我想你很清楚，我是一個極為平凡的男人，深愛著妻子與我的孩子。我心裡想著，妻子和孩子看到提前一天回家的我，不知會有多麼高興，我想要讓他們更開心，於是想到聖誕老人。我的心裡滿溢著幸福，特地繞到家門後方，躡手躡腳地前進，來到起居室的窗戶旁，悄悄脫下滑雪板，柱著滑雪杖，搭上窗緣，在心裡描繪著家人驚喜的臉龐，推開了玻璃窗。

唉，那時候，我看到了絕對不該看見的東西！我跳進房裡，走到在長椅上相擁、顫抖著的及川與妻子面前，把那猶如我過去幸福般的玩具禮物盒扔到他們身上。

可是啊，鳩野。這麼做並沒能阻止我熊熊的恨意。後來，我流著眼淚，抓起爐灰鏟做了什麼，我想你已經知道了吧。我沒讓在隔壁醒來的春夫得知我做的事，騙了春夫，把他帶到門外逃走。唉，我已經無處可逃了。就算有地方可以容身，也無處可以拯救我這顆被傷透的心。

鳩野。我只願能與心愛的春夫一起，共同前往這場黑暗的旅程，這是我唯一的喜悅了。

再會了。

三四郎

曾經何時，窗外刮起夜風，風雪猶如葬禮的花朵，悄悄飄落，這時，原本已經止息的教會鐘響，餘音嫋嫋地，宛如水流一般，絞緊我那不停顫抖的心。

銀座幽靈

房枝已經死亡，事後怎麼可能殺害澄子呢。不然假設澄子殺害房枝吧。不過，這個推理跟前面一樣，遇害的房枝又在事後現身殺害澄子，還是很奇怪。

一

在路寬不到三間[1]的巷子兩側，櫛比鱗次地開著五彩繽紛的店家，宛如彩虹一般，在銀座的後巷化為明亮的一區。在小巷子裡，有一家以青色霓虹燈寫著「青蘭咖啡」，模規相當大的店面，門口開著一家小巧別緻，叫做恒川的香菸店。那是一家二層樓高的建築，店面寬度不到兩間，每一個小細節都裝飾得十分好看的明亮店家，彷彿想要網羅周圍店家流洩而出的爵士樂，毫無來由地吸引顧客的腳步，悠然自在地就有客人上門。

那家店的老闆是一個看似年過四十的女人，掛著以女性筆跡寫的招牌——恒川房枝。巷子裡的人相傳她好像是一名退休官員的遺孀，還有一名即將從女子學校畢業的女兒，她是一名膚色白皙、身型豐腴的女子，儘管穿著打扮符合她的年齡，相當樸素。不知怎地竟充斥著一股尚未燃燒殆盡的青春。曾幾何時，家裡竟然多了一名臉部缺乏表情，年約三十歲的男子，十分低調地與鄰居往來。不過，這股宛若迷醉般的靜謐，並未維持太長的時間。香菸店的生意愈來愈好，後來便僱了一名身兼傭人的女店員，原本兩人平靜的節奏，很快就亂了步調。女店員叫做澄子，才剛滿二十歲，是一名有著小麥色紅潤肌膚的女孩，全身像皮球一般充滿彈性。

首位發現香菸店夫妻吵架的人，是「青蘭」的女服務生們。從「青蘭」二樓的包廂，隔著窗子就能看見對面香菸店的二樓，畢竟馬路還不到三間寬，她們偶爾會聽見老闆娘苦惱的呻吟。有時候，玻璃窗上甚至還會映出原本不應該存在的人影。這時，儘管「青蘭」的女子們正在服務桌子另一頭的客人，仍然會悄悄對視，意有所指地嘆氣。然而，香菸店的危險氣氛竟然很匆忙地快速畫下句點，引發一起極難理解的奇怪事件，迎向讓人不快的結局。這起慘案的目擊者，正好是當時在「青蘭」二樓值班的女服務生們。

譯註1　一間約一．八公尺。

那一天晚上的天氣也像是要發生什麼事似的，讓人覺得不太對勁，傍晚開始刮起微涼的西風，風勢到了十點嘎然而止，空氣突然停滯，掀起一股完全不像秋夜的微妙悶熱暑氣。一名女服務生原本在二樓正面角落的位置接待客人，她起身拿手帕搧著領口，湊到窗邊，推開鑲著磨砂玻璃的窗戶，她下意識地望向前面的屋子，突然像是看到什麼不該看的東西，別開她的臉，直接回到自己的座位，接著沉默地以眼神向同伴示意。

在香菸店二樓半開的玻璃窗後頭，可以看見膚色白皙的老闆娘房枝，她穿著幾乎像是素面、黑色的樸素和服，坐在她面前的並不是男人，而是女店員澄子，她一直向對方抱怨。澄子並未頻頻點頭，而是默不作聲，板著一張臉，澄子的臉望向對方，她穿著黑底、染出高調胭脂色井字花紋的和服，讓今夜的她顯得更加美麗。不過房枝似乎很快就發現「青蘭」二樓的動靜，用帶著敵意的眼神瞪了那邊一眼，匆忙站起來，把玻璃窗緊緊關上。爵士樂的聲音明明很熱鬧，她關窗的聲音卻像是關上這邊的窗子似的，尖銳又粗暴。

女服務生們鬆了一口氣地互看一眼。接下來，她們以眼神交會。

「今晚跟平常不一樣耶。」

「小澄終於要正式頂撞老闆娘了。」

一切都與以往不同了。對方並未高聲呼喊，好像只是安靜地不斷責罵著。偶爾會傳來比較尖銳的聲音，不過那聲音旋即消失在附近的噪音之中。過了十一點，不知道是不是在母親的命令之下，就讀女子學校的女兒君子關上店門，喀啦喀啦地把門關起來。香菸店總是在十一點打烊。只有櫃台前的玻璃窗，像個小洞穴似的，透出光線，稍晚的客人可以從這裡買菸。達次郎（這是房枝小情人的名字）也不知道怎麼了，今夜並沒有到店裡露臉。

「看來今晚出大事了。」

「達次郎跟小澄的關係，終於被抓到證據了嗎？」

女服務生們再次以眼神交流。不過，四周愈來愈安靜，甚至還能聽見電車行經四丁目十字路口的聲響，她們只顧著自己的工作，忘了香菸店的事，煩惱著該怎麼把從傍晚喝到現在的醉漢三人組趕出去。慘案正好在這時發生。

剛開始，一個像似哭泣，又像是呻吟的低聲慘叫，從門窗依然像剛才一般，宛如蠑螺的蓋子般緊閉，電燈還亮著的香菸店二樓傳來。

「青蘭」的女子們不禁面面相覷。這時，從相同的方向立刻傳來「咚」一聲，有人倒地的聲響，女子們一驚，臉色大變地站起來，把身子都探到窗口，窺視對面的屋子。

香菸店二樓的窗戶正好映照出一個步履踉蹌的巨大人影，那個人影搖搖晃晃地，鏘地一聲弄倒電燈，房間立刻陷入黑暗之中。不過她們立刻察覺那個人搖搖晃晃地爬到正面的玻璃窗旁，隨著鏘一聲巨響，那個大傢伙打破玻璃窗的正中央，接著，影子的背影現身了。

穿著幾乎像是素面黑色樸素和服，頸項白皙的女子，從破掉的玻璃窗後露出來的右手，拿著一把沾滿鮮血，看來像剃刀的尖銳刀子，她的背倚在玻璃窗上，肩膀劇烈地喘息，呆呆地凝視著漆黑的房間內部，不過她很快就察覺「青蘭」窗邊的人，回頭瞄了一眼，再度踉蹌地消失在黑暗之中。那是一張慘白、扭曲、兇狠瞪視的臉孔。

「青蘭」窗邊傳出女服務生們「呀」的尖叫聲。還夾雜著差點哭出來的驚懼聲。然而緊接著，女子們之後同樣目睹慘案的三人組客人，不愧是男性，他們立刻跑出去，不說分由地跑下樓，向樓下玩得正高興的客人與女性大叫：

「出事啦！」

「殺人啦！」

接著衝到外面去了。其中一個人衝到派出所。剩下兩個的酒意幾乎都消了，正在四處查看，這時，香菸店裡傳出慌亂的腳步聲，有人像是要猛力撞擊似的，慌慌張張地開了門，穿著桃紅色毛巾布睡衣的女兒君子衝了出來。當她衝出來之後，看到在外面窺探的男女，便哭著大喊：

「小澄被人殺死了！」

警察很快就抵達現場。

遭到殺害的果然是澄子。在電燈破掉的黑暗房間裡，維持方才「青蘭」的女人們見到的模樣，穿著華麗胭脂色井字花紋的和服，衣襬凌亂，仰躺在地上。剛開始，一名警察持手電筒衝進去，聽見倒地的澄子喉嚨傳出咻咻的低鳴聲，立刻湊過去把她抱起來，女子邊喘著氣，以微弱的聲音呻吟，

「……房……房枝……」

旋即斷了氣。

看來她的咽喉似乎遭人砍傷，有兩道以銳利刀刃切割的傷口。四周化為一片血海。在血池的邊緣，靠近窗戶的地方，扔著一把沾滿鮮血的日本剃刀。

侍人們衝過來的時候，在家裡已經找不到房枝的身影。不只是房枝。就連達次郎都不在。只剩下女兒君子，也沒辦法上二樓。面色慘白地在店門口直打哆嗦。「青蘭」的女子們簡單地向警方交待了她們方才所見的一切經過，不過態度非常慌亂。三人組的客人也為她們的證詞背書。根據這群證人的證詞以及被害者死前留下的痛苦遺言，警方很快掌握了事件的方向，即刻開始搜查房枝。

香菸店的二樓，除了發生殺人事件的房間，還有一間面向後巷的房間，兩個房間中間還隔出一個房間，總共還有兩個房間。不過，在那兩間房間裡，都找不著房枝的身影。樓下除了店面之外，同樣有兩間房間。當然也沒見到房枝的人影。因為已經十一點了，大門也關上了。打從警方大量湧進之後，自然沒有脫逃的機會。這時，他們擅自闖進廚房。屋子的後門就在那裡，沿著寬約三尺的小巷子，穿越相鄰的三戶人家後方，就能通往有別於門口馬路的另一條路。穿越巷子，走到大馬路，可以看到一名看似脾氣很好的烤雞肉串攤老闆，從傍晚就擺攤到現在。烤雞肉串的老闆頑固地搖頭，肯定地表示那條巷子已經兩、三個小時都沒有人出入了。於是，警方只好折返，這下終於開始徹底地搜索香菸店的內部。不管是廁所還是壁櫥，他們不曾放過任何一個角落，進行地毯式搜索，最後終於在二樓，也就是發生殺人事件的房間壁櫥裡找到房枝。

然而，第一個拉開壁櫥唐紙拉門的警察，才拉開門就大叫：

「啊、不好啦！」

壁櫥之中，只見已經死亡的房枝。

她穿著方才「青蘭」那些女子看到的，幾乎像是素面、黑色的樸素和服，脖子上纏著手巾，也許是用手巾自盡，或是被人絞殺，已經全身無力地死去了。血色褪盡的蒼白臉孔，已經呈現輕微的浮腫，不過可以肯定對方確實是房枝。女兒君子在警方抱緊、制伏之下，看到母親死亡的模樣，仍然激動大哭。

三人組的其中一人，原本在警方身後悄悄地窺探死者，高聲大叫：

「對，就是這個哦。就是這個女人，她用剃刀殺死那邊那個穿著華麗和服的女人。」

這時，位階看來比較高的警官用力點頭，隨後說：

「……也就是說，事情應該是這樣吧，房枝殺了那個叫做澄子的女人之後，在原地待了一會兒，當她得知你們從『青蘭』的窗口看見事情的始末，突然清醒過來……可是下樓又很危險，所以她踉蹌地躲進壁櫥裡……可是，她躲著的時候，受到自責與危險的責難，無法忍受，最後自殺了……嗯，姑且這樣解釋吧。」

警官說著，來到穿著桃紅色睡衣，不停哭泣的君子身旁，取出警察手帳，彎著身子。

後來，檢查官和警察醫[2]很快就抵達現場，正式展開調查，不久就查驗房枝的屍體，瞬間證實了詭異至極又令人感到寒毛直豎的事實。

由於房枝殺了澄子，所以房枝當然會比澄子晚死，不可能比澄子先死，儘管如此，澄子的屍體留著些許生氣，身體還留著餘溫，房枝的屍體現象卻比澄子快多了，經過最科學、冷靜的觀察結果，醫生明確判斷，從屍冷、屍僵、屍斑等一切條件，至少可以確定已經死亡超過一個小時。

「喂，這太奇怪了吧……」

方才的警官狼狽地說：

「這麼一來……不，怎麼可能會有這種事……也就是說，澄子遇害大約二十

譯註2 協助警方辦案的醫生，主要負責調查死因不明的遺體。

分鐘左右，房枝卻已經死亡一個小時，在澄子遇害的四十分鐘前，加害者比被害者早了四十分鐘死亡……這樣對吧？……反過來想，澄子最後的遺言『房枝』，還有眾多證人看到揮舞剃刀的『房枝』，都不是本尊，那時房枝早就死了……太離譜了……那是房枝的幽靈吧。幽靈殺人！？……而且幽靈還在銀座爵士街的正中央現身，這下報社可有題材了……」

二

事件立刻引起議論紛紛。警方認為碰到瓶頸，找不到後續的搜查方向。同時，他們面臨兩個問題。死人變成兩個了。其中一人遭到幽靈殺害，另一人則是死後化身為幽靈，飄來飄去出門殺人。真是太奇怪了。

不過，事情總不能卡在這裡。警方立刻重新振作，再次展開調查。

首先，先把較晚遭到殺害的澄子擱在一旁，先調查房枝的死因。

房枝是自殺嗎？還是他殺呢？

然而，針對這個疑問，警察醫認為自己用手巾絞緊脖子而死，是難以達成的任務，跟縊死不一樣，因此主張他殺。檢查官與警方也大致認同他的說法。他們使用樓下的店面，正式展開偵訊工作。

他們先請來女兒君子。失去母親的少女方寸大亂，哭哭啼啼地陳述以下的內容。

當天晚上，母親房枝叫君子顧店，便帶著澄子走到二樓正面的房間去了。時間差不多是十點左右。君子只知當時的母親看起來心情很不好，不過這也是常有的情況，所以她不以為意，邊看雜誌邊顧店，因為她總是很早就起床上學，到了十一點，她已經很想睡了，於是一如往常地關門，回到自己位於二樓後方的房間睡覺去了。爬上二樓的樓梯時，也沒聽見正面的房間傳出說話的聲音。不過，對君子來說，與其對這件事抱持疑問，她反而感到一股莫名的羞恥心，下意識地回避了。當她睡得昏昏沉沉時，正面的房間傳來先前提到的慘叫聲跟有人倒地的聲音，她醒了過來，在床上想著發生什麼事了，她突然感到不安，忍不住下床，走到正面的房間一看，不過房間的燈是關上的，讓她更加不安了，她打開中間的房間的電燈，悄悄拉開唐紙拉門，窺探正面的房間。於是她發現澄子倒在房間的正中央，她嚇得發不出聲音，連滾帶爬地衝下樓，奮力拉開大門，告訴人們出事了。……以上是她大致的陳述內容。

「妳窺探正面房間的時候，有沒有看到令堂站在窗邊呢？」

對於警方的提問，君子搖頭回答：

「沒有，那個時候媽媽已經不見了。」

「當妳嚇得衝下樓的時候，沒看到令堂這件事，沒讓妳起疑嗎？」

「媽媽偶爾會在很晚的時候，跟叔叔一起出門喝酒，我覺得今天晚上可能也是這樣……」

「叔叔？妳說了叔叔吧？那是誰啊？」

警方立刻點出有疑問的部分。於是君子吞吞吐吐地說起達次郎的事。接著，她又畏畏縮縮地補充。

「今天晚上，叔叔比媽媽早離開，我還在顧店的時候就先走了……。不過，我們的後門沒關，他可能還會回來，只是我已經睡了，不是很清楚。」

「他們平常都去哪裡喝酒呢？」

「我不知道。」

這時，警官立刻命令下屬搜索達次郎。接下來，則是「青蘭」的女服務生們，以及三人組的客人，以證人的身分接受偵訊。

證人們重頭開始，將事情的經過再傳述一次。除此之外，並沒有什麼新的證詞。只能得知君子的陳述，與她們的所見一致，還有關於達次郎的部分，女服務生們也說了跟君子差不多的內容。

這時，偵訊暫時告一段落，也得知房枝遇害的大致時間。也就是說，「青蘭」女服務生們看見房枝與澄子對坐，接著動作粗魯地關上玻璃窗，她在那個時候到十一點之間遇害。如此一來，只要君子的證詞無誤，那段時間達次郎是否在家呢？有沒有可能是君子在顧店的時候，悄悄從後門潛進來，爬到二樓，將房枝絞殺之後再逃走呢？無論如何，不調查達次郎就無從得知。

然而，沒過多久，達次郎本人並沒有遭到警方逮捕，而是一個人散步回來了。他一臉搞不清楚狀態的樣子，結結巴巴地回答警方的偵訊。

根據他的說法，達次郎從十點就去了新橋一家叫做「鮹八」的關東煮店，毫不知情地一直喝到剛才。一名警察立刻前往「鮹八」。很快就把「鮹八」的老闆帶回來，對方看到達次郎，立刻說：

「是的，這位客人確實從十點一直待到剛才。……內人與其他客人都能證明這件事……。」

警官十分沮喪，以下巴示意，把「鮹八」的老闆趕回去。

達次郎有不在場證明。這下子，搜查也陷入焦慮的狀態了。正門有君子顧店，後門出去有烤雞肉串的攤子，堅持沒有人經過。二樓正面的窗子則是有「青蘭」從二樓監視，二樓後面的君子房間的窗戶，則是從裡面上了鎖。就算沒上鎖，窗外是廚房的屋頂，有一處約兩坪的曬衣場，周圍埋了大量鐵絲。為了保險起見，有三戶人家面向通往後門烤雞肉串攤子的那條小路，他們也調查那三戶人家，每一戶人家都在晚上鎖起面對巷子的後門，沒有任何異狀。這樣一來，房枝遇害的時候，待在等同密室一般的香菸店家中的，只有事後遇害的澄子，以及正在顧店的君子兩個人了。

如今，除了她們兩人，也找不到可疑的人了。他們立刻鎖定君子為目標。不過，到了這個節骨眼，舞台已經十分狹隘，原本搜查殺害房枝的犯人的推理，與澄子奇妙的殺害事件重疊，又變得更詭譎莫測了。舉例來說，假設君子（這是一個有點不合理的看法）先殺害母親房枝。如此一來，房枝已經死亡，事後怎麼可能殺害澄子呢。不然假設澄子殺害房枝吧。不過，這個推理跟前面一樣，遇害的房枝又在事後現身殺害澄子，還是很奇怪。……無論如何，都會回到澄子奇妙的殺害事件。除了正面挑戰這起幽靈殺人事件，警官們已經無計可施了。大家都有點發火，絞盡腦汁思考。

首先，澄子遇害的時候，位於等同密室的香菸店裡的，只有比澄子還早遇害的房枝，以及聲稱在二樓後面房間睡覺的君子兩個人。不過，警方實在不願意相信幽靈這個說法，即使證人們表示從「青蘭」的窗戶看見房枝殺害澄子，也許他們只是瞄到一眼，沒有人能肯定他們看到的確實是房枝本人，只有一致表示對方穿著黑色的素色和服，所以殺害澄子的也許不是房枝，而是君子換上母親房枝的和服，殺害澄子，事後再換上桃紅色的睡衣，這個看法如何呢？

這個意見立刻就被推翻了。看似房枝的人在殺人之後搖搖晃晃地離開現場的窗戶，接著「青蘭」的人們衝到大門，撞見穿著睡衣的君子，幾乎只有不到三分鐘的時間。在這段時間裡，君子要脫掉母親的和服，再套在母親的屍體上，終究是不可能的任務。

再假設那並不是她母親的和服，而是她穿上其他類似的黑色和服，從距離三、四間遠的地方看來像是素面的樸素和服，演了一場戲，結果又如何呢？看來似乎可行。這時，警方徹底搜索香菸店內部。然而，他們只從衣櫃的抽屜裡，找出兩、三件類似款的房枝和服，而且它們全都噴上防蟲藥，整齊地疊放在文庫紙[3]之中，這並不是三、四分鐘就可以迅速完成的作業……，不對，撇除這個部分，假設君子是犯人，那麼澄子臨終之際為什麼要說出房枝的名字呢？……不管怎麼想，殺害澄子的人都不可能是君子。

那天夜裡，警方終於放棄搜查了。

第二天，各大報的頭條果然都一致以斗大的版面報導幽靈出現的說法。警方也不太高興，再一次調查同樣的內容。若說有什麼新收穫，大概是將那把充當凶器使用的剃刀送到鑑識課調查後，得知那把剃刀的刀柄很細，沒有留下任何清楚的指紋，還有將達次郎帶來偵訊的結果，得知達次郎與澄子正在交往，家中因此發生爭執，僅此而已。

正當警方陷入五里霧中徬徨之際，那天傍晚，突然來了一名奇妙的業餘偵

譯註3 透氣性良好，具除濕效果，保存和服的專用紙張。

探，他表示想跟負責的警官見面。

來者是「青蘭」的調酒師兼經理，自稱西村的青年。他撥動電話的轉盤，打了電話過來。

「喂，請問是警官嗎？我是『青蘭』的調酒師，我知道幽靈是誰了。我知道誰是殺死澄子的幽靈犯人了哦。……今晚可以請您過來一趟嗎？……是的，到時候再跟您說。……不是的，可以見證幽靈……」

三

當警官帶著一名刑警下屬來到「青蘭」的二樓時，天色已經完全轉暗，巷子好像已經忘卻昨夜的事件，十分明亮，流洩著爵士樂聲。城市裡的人好奇心特別強，有好幾個像來看熱鬧的人，在香菸店前方徘徊。「青蘭」的樓上、樓下都來了相當多的客人，大家都在討論香菸店的幽靈。

身著白上衣，打著蝴蝶領結的西村調酒師兼經理，相當客氣地迎接警方，帶他們到二樓，請他們坐在靠近正面窗口的座位，讓女服務生送上飲料。不過警官一直擺著臭臉，也沒開口說什麼話，一直盯著經理可疑的行為。

隔著窗子就能看見前方的香菸店二樓，屍體已經送去解剖了，看起來很普通，鑲著磨砂玻璃的窗戶點著燈，相當明亮。

「老實說，」

經理開口說：

「與其我詞不達意的說明，不如請您直接看現場，比較容易理解。」

警官多疑地反問：

「你到底想讓我看什麼？」

「是的，就是那個……我找到的幽靈，」

警官立刻打斷他，

「你是說，你知道殺死澄了的犯人是誰嗎？」

「是的，差不多……」

「是誰？你看過現場嗎？」

「沒有，我沒看過……那個時候，房枝已經遇害了，所以只剩下兩個人……」

警官像是嘲諷似地說：

「你的意思是君子殺的嗎？」

「不，不是的。」

經理猛力搖頭，

「你們不是已經排除小君犯案的可能性嗎？」

警官像是放棄了似的，整個人往後仰。

「那不就沒人了嗎？」

「有啊。」

西村青年笑著說：

「不是還有小澄嗎？」

「什麼？澄子？」

「是的。是澄子殺了澄子。」

「你是說她自殺嗎？」

「沒錯。」

這時，西村突然換上正經的表情，

「大家從一開始就犯下重大的誤會了。如果是死後才發現，應該就不會這樣了吧，畢竟大家只看到她切斷自己的氣管，掙扎著，到處掙扎的模樣，才會把自殺現場誤以為是他殺的現場。……我認為殺害房枝的應該是澄子。也就是說，昨晚房枝的嚴厲斥責，演變成情敵之爭，最後澄子將房枝絞殺，等她回過神來，才發現自己犯下無可逃避的恐怖罪行，先把房枝的屍體藏進壁櫥裡，……我想應該是因為君子十一點上來二樓，她感到危險吧……，後來，她歷經一番苦惱，最後終於自殺了。也就是說，剛開始發現房枝的屍體時，你們的想法正好顛倒了。因此，即將斷氣的澄子之所以呼喊房枝的名字，並不是在叫殺害自己的人，而是出於悔悟，叫著被自己殺害的人的名字，這是我的看法。」

「別開玩笑了。」

警官忍不住大笑。

「所以你的意思是，當時在那邊的女服務生們，看到穿著素面和服，拿著剃刀，搖搖晃晃地倚在玻璃窗的女人，不是房枝而是澄子嗎？……怎麼可能，你才是誤會吧。聽好了。你先想一下和服。房枝穿著樸素的和服，澄子則穿著華麗的和服……」

「等一下。」

經理打斷他的話。

「我就是這個意思。我說過幽靈將會現身……現在已經準備好了，請看幽靈的真面目吧……」

他輕鬆地起身，

「您還不懂嗎？在銀座正中央出沒的幽靈的真面目……不過，只要仔細思考這起事件發生時的情況、房子的外觀，應該都能找到答案……」

經理說著，有點壞心眼地笑了，留下呆若木雞的警方，下樓去了。不過，他馬上就拿著腳踏車用的大型車燈回來，站在窗邊對警官說：

「我們要看幽靈了，請您站到這裡。」

警官一臉不悅，還是聽從經理的指示，站在窗邊。方才只敢在遠處圍觀的女服務生和客人們，這時也一起擠到窗戶旁邊。

經理說：

「請看對面的窗戶。」

三間前的香菸店二樓窗戶，這時正好跟之前一樣，悄悄亮著燈，隨後，房裡傳來人的動靜，人影映照在玻璃窗上。

這邊的人們思尋著事情的發展，忍不住往前傾，直盯著對面，玻璃窗上的影子大動作晃動著，伸長了手，下一秒，電燈突然關上了。

「看清楚囉。當時的人影也在晃動的時候撞到電燈，也是像這樣突然變暗了吧。」

不過，經理的話還沒說完，對面的窗戶便從內側喀啦喀啦地拉開，那是與昨晚人們所見的相同，穿著幾乎素面的黑色樸素和服的女子背影，露出白皙的頸項，隱約在黑暗之中現身。經理立刻以手持車燈的光線，打在女子的背上。方才，看來像是穿著幾乎素面的黑色和服中年女子的身體，突然變成穿著黑底、華麗胭脂色井字花紋和服的年輕女孩了。

經理向對面的窗戶大喊。

「小君。謝謝妳。」

這時，窗邊的女子安靜地向這邊露出寂寞的微笑。是君子。

「您看到了吧。……我為了這場實驗，借了君子跟那件和服。」

經理說完後轉身，對已經看呆了的警官，露出惡作劇的笑容，接著說：

「您還不懂嗎？……我來解釋吧。……聽好了哦，請想像一下。舉例來說，我們隔著普通的透明玻璃，看用紅色油漆寫的字，跟沒隔著玻璃一樣，都能看見紅色的字吧？不過，如果我們隔著紅色的玻璃，去看同樣用紅色油漆寫的字，我們就看不見紅字了哦。……跟照片顯影的時候一樣……我正好對這個有點興趣，……在紅色的燈泡底下，熱衷地顯影，突然發現原本確實放在我手邊，以紅色紙張包裹的相紙，竟然不翼而飛，把我嚇傻了，這種事還不只發生一次呢。我嚇了一跳，連忙伸手摸索，竟然在看來什麼都沒有的地方摸到了……，沒錯，這是同樣的原理。不過，這次不是隔著紅色的玻璃，而是透過藍色的玻璃來看紅色油漆寫的字，跟前面相反，可以清楚看見黑色吧？」

「哼，原來如此。」

警官說：

「我好像懂你的意思了，可是……」

「沒關係。」

西村經理笑著繼續說：

「這次我們把紅色油漆的字，換成紅色、胭脂色的華麗井字花紋和服吧。在正常的光線之下，看起來像胭脂色的井字花紋吧？這個時候跟剛才紅色油漆字的例子相同，在藍色光線的照射之下，胭脂色的井字花紋就會變成深黑色的井字花紋了。如果只是黑色的井字花紋倒還無所謂，問題在於染出井字花紋的布料底色也是黑色，黑色跟黑色彼此競爭，圖案還是什麼的都不見啦，看起來只像是黑色的素面和服。」

「可是電燈熄了吧？」

「沒錯。因為在那間房間裡的正常電燈熄了，才能顯得我的意見更加正確。」

「你說說看，藍色的燈光是什麼時候開的？」

「咦？一開始就開著啦。如果那時才突然亮起，大家都會發現吧。也就是說，當時的藍色電燈並未從一開始就發揮作用，而是對方房間的正常燈光關上之後，一直亮著的藍色燈光才發揮了作用。所以，在這邊窗戶的人們，完全沒有發現哦。」

「你說的那個藍色燈光，到底在哪裡？」

「什麼嘛，大家不是早就知道了嘛！」

警官這才驚覺，沒聽完經理的話，就衝到窗戶旁邊。一腳踩在窗框上，整個人探到窗外，差點掉下去了，他抬頭仰望上方，立刻大喊：

「哼，原來如此！」

在「青蘭」的窗子上方，寫著斗大「青蘭咖啡」幾個字的藍色霓虹燈，閃耀著鮮豔的色彩。

「你怎麼能察覺這件事呢？」

事後，警官請經理喝啤酒，向他問道。年輕的經理突然露出羞赧的笑容，說：

「這點小事沒什麼啦。……我可是隨時都在看這類幽靈現象哦。」

他用下巴點點女服務生們的方向，

「這群人啊，即使穿著同樣的和服，白天和黑夜看起來完全不一樣哦……，這也是一種銀座幽靈吧……」

坑鬼

身處於黑暗的世界，大家當然都沒忘記帶著光明。在這種情況下，絕對不可能忘記拿。恐怕不是有人忘了那盞燈，而是故意放在那裡的。

一

在室山岬尖端，荒蕪至極的灰色深山裡，有著中越炭礦公司的瀧口坑，很久以前就開始開採的作業，這兩、三年，採礦工作更加積極，黑色觸手的前端深達地底五百尺，已經來到海底半英哩的海面。公司把大半事業都賭在這座礦藏量六百萬公噸的炭坑，幾乎把人跟器材全都投入的緊繃狀況之中，不分晝夜，持續進行嚴格又不容一絲鬆懈的活動。然而，海底的炭坑卻比各種危險更接近地獄。當事業愈發達，地底就愈空虛，確實提高了發生危險的機率。人們以緩慢的速度，一片又一片地剝去與地獄相連的微薄生之地殼。

唯有在這個幾乎瘋狂的世界，變異才能以人們心中狂暴奇妙的形態，造訪瀧口坑，那是在四月初，依然寒冷的時刻。地面上仍然保留冬季的氣息，山麓還積著一層厚雪，北國沁骨的海風，陣日吹拂，不曾止息，五百尺的地底卻在熾熱的地熱之下，暑熱難耐。那是人們不著寸縷的世界。在黑暗之中，一個肩扛鐵鍬，肚臍以下都是污泥的男子，只有眼睛閃爍有神，本以為他要走過去，另一個推著炭車，腰際纏著絣織碎布的裸女，突然像魚一般扭動著身體，衝了出來。

阿品與峰吉便是活在這荒蕪黑暗世界的夫妻。不管在哪個採炭場都能見到這樣的夫妻檔，男的當礦工，女的當挑夫。兩個年輕人擁有屬於他們的採炭區域。監工看不見的黑暗則像蜜糖一般，包圍著兩個人。不過，在這個不容許例外的世界，兩人的幸福未能天長地久。

那是一個飽含傾洩地下水霧氣的冷風，不斷吹進豎坑深底的早晨。

阿品收到第二張傳票，從坑底推來清空後降下來的炭車，沿著漫長的坑道，回到峰吉的採炭場。炭坑可說是活生生的黑色地下都市。明亮的廣場在紅磚的圍繞之下，以兩道豎坑與地面銜接，在這裡，泵浦與通風器的低鳴聲不絕於耳，黑色都市的心臟纏繞著技師的丁字尺與監造的哄笑，恣意伸展，由此延伸出一道粗的水平坑，便是所謂都市計畫的大馬路。左右開了幾個口的片盤坑[1]則相當於東西幾丁目的馬路，在各片盤坑又設了如梳齒般的採炭坑，則相當於南北幾丁目的支線道路。從幹線往支線道路的中途，經過數個檢查站，愈接近峰吉的採炭場，阿品的腳步愈輕盈。

自在片盤坑的半路遇見出來巡視的監造與技師之後，阿品沒再遇見其他公司的男性，經過最後一個檢查點時，急轉彎衝進峰吉的採炭坑。

峰吉一如往常地在黑暗的坑道之中等待著她。男人站在路中間，將衝過來的炭車推開，阿品也踢著炭車的尾巴，將鮮嫩的肉體投進男子的懷抱之中。被擁入懷的同時，阿品覺得恍然如夢，看著在黑暗中獨自遠去的空炭車，那盞掛在車框後方，昏暗搖曳的安全燈。

一切都宛如一場夢。事後，女子反覆調查當時的事，又多次回想，不過當時的情景清晰地烙印在她的腦海之中，卻又似假還真，彷彿夢境中的記憶。

阿品的安全燈拋下正在黑暗中相擁的兩人，僅以昏黃的光線照亮炭車的下方，像是顧慮兩人似的，默默退到遠處，眼見那輛炭車退到深處的採炭場附近，也許是鐵鍬落在鐵軌上吧，炭車發出尖銳的「嘰」聲，劇烈搖晃，才剛開始晃動，安全燈瞬間脫落，掉落在鐵軌上。

瀧口坑發配給礦夫們的安全燈，跟其他礦坑一樣，都是沃爾夫式安全燈[2]。沃爾夫式安全燈為了避免明火導致危險，只有在豎坑入口處崗哨的管理員才能用磁鐵開啟。不過，要是使用時不小心傾斜放置或是破損，都無法發揮預期的安全作用。

總是有運氣不好的時候，阿品的安全燈掛在炭車的屁股，然後空的炭車直接往前跑，所以炭車的車尾形成複雜的氣流，激烈地捲起原本沉積於地面的微量可燃性炭塵。一切都來得十分突然，但是那一瞬間卻具備了所有不好的條件，一直

譯註1　與水平坑道及炭層平行的坑道。

譯註2　礦坑用的照明燈，以汽油為燃料。

以來，象徵著兩人幸福的安全燈，這時竟然引發了超乎預期的大事。

女子瞬間以為有大量的鎂在她的眼前燃燒。在聽見聲音之前，劇烈的氣壓先重重地打擊在她的耳朵、臉、身上，她隱約感覺到有無數個像泥塊的東西，從四面八方打在她的臉上，不禁趴倒在地。倒地的同時，發現這是四方牆面都已經燒起來的採炭場深處，於是奮力振作，衝向片盤坑口，立刻想起「峰吉呢？」，回頭一望，只見男子也背對著鮮紅的火焰，像影子一般，從她後方衝過來。引燃炭塊的火焰，接二連三地點燃遭到揚起的炭塵大軍，只見火勢又急又猛。男子在她身後的凌亂腳步聲，以及兩人映照在眼前地面上的明亮身影，讓阿品感到稍微鬆了一口氣，依然瘋狂地往前衝。也許是被鐵軌的枕木絆倒吧，後方的影子突然倒地。片盤坑的電燈就在眼前。

不過，當阿品連滾帶爬地來到電燈下方時，發生了第一起悲劇。逃離片盤坑的阿品被地上複雜的鐵軌檢查點絆倒，整個人滑了出去，當她回頭望的時候，聽到爆炸聲趕來的監造，站在剛才阿品跌倒的採炭坑入口，只見他已經開始關上堅固的鐵製防火門了。搶先一步出門，沒被關起來的阿品，這時鬆了一口氣，下意識地環顧四周，這時，她才察覺可怕的情況。她心愛的男人——峰吉還沒出來。阿品像箭一般跳起來，猛力抓住正在關閉防火門的監造的手臂。一個熱燙的巴掌打在阿品的臉上，讓她的臉頰幾乎失去知覺。

「白痴！要是火燒過來怎麼辦！」

監造怒吼。阿品瞬間想起比自己晚了一步，被關在堅固鐵門後方痛苦掙扎的峰吉，再次瘋狂地撲到監造身上。

不過，她立刻被趕過來的技師打到坑道上。緊接而來的是技工，監造衝出去拿堵住防火門間隙的黏土。在這種情況下，比起一、兩個人的性命，更可怕的是火燒到其他坑道。這是炭坑自古至今從未改變的原則。

男女礦工們逐漸聚集到起火的坑道之前。每個人都赤裸著身體相互推擠。只有技師穿著燈芯絨的褲子。看到發了瘋似的，被技師與技工壓住的阿品，眾人在場遍尋不著峰吉的身影，立刻明白事情的始末，臉色慘白。

一對年長的男女衝出來。他們是在隔壁採炭場工作的峰吉雙親。父親被技師撞飛後，便沉默地坐在原地。母親似乎瘋了，呵呵笑了起來。一名礦工走進來，抱起被壓制在鐵軌上，近乎瘋狂的阿品。阿品的父母雙亡，來者是她唯一的血親——她的哥哥岩太郎。

岩太郎將女子抱起來，以怨恨的眼神瞪著技師們，不久就走進騷動的人群之中。

監造以竹簍捧來黏土。兩名礦工尾隨在後，同樣抱來沉重的竹簍。技工立刻取來鏝刀，塗抹在鐵門的間隙。

其他礦場的監工們跟隨得知意外消息的坑道主任一起跑過來，技師與監造指揮技工塗抹黏土，同時驅離議論不休的人群。

「回去採炭場！開始採炭！」

被吼之後，人們推著推到一半的炭車，重新扛起鐵鍬，心不甘情不願地離開了。將看熱鬧的人趕走之後，留在鐵門前的人們，這時才露出鬆了一口氣的神色。

還好只犧牲了一座坑道。只要把這裡封起來，坑道裡的火焰很快就會缺氧熄火了。採炭坑就像在炭層中橫向挖出來的一口井，除了以鐵門封閉的入口，甚至沒有能容許螞蟻出入的孔洞。

抹黏土的作業很快就完成了。這時正好是上午十點半，起火的時間應該是十點左右吧。不過，當抹黏土的作業結束後，火勢應該早已在起火的坑道內蔓延，無聲地燒著導熱性極佳的鐵門，讓人們感到一股不舒服的熱度，塗抹在間隙的黏土，已經從比較薄的部位逐漸乾燥、變色，無數條細小、不規則的龜裂，宛如壁虎一般裂開。

技師、技工與監造都覺得不太舒坦，只覺得痛苦不已。不久，派駐員警聽到出事的消息，才在辦公室人員的引導之下趕過來，坑道主任不高興地吐著口水，帶著員警前往廣場的辦公室。其他監工們則拉起一直坐在原地，一動也不動的峰吉的爸爸，同樣把他帶走了。

監造指揮技工收拾現場。既然火已經滅了，這座起火的坑道就不管用了。正確來說，是已經沒辦法使用了。

滅火的狀況交由技師負責檢定。採炭坑裡的每一處，一定會有一根通風用的大鐵管。技師獨自留在原地，從鐵門上方的間隙裡，挖出剛才塗抹的黏土，從此處切斷起火坑道鐵管與片盤坑較粗鐵管交會的地方，針對鐵管切口排出的高壓熱氣進行分析、檢查。

偶爾，推著炭車的挑夫們會在鐵軌上喀啦喀啦地經過。擾動了片盤坑騷動過後突然安靜下來的空氣，峰吉的母親瘋狂的笑聲，像水蒸氣一般，從黑暗的遠方，嘩嘩嘩地湧過來。

相當於黑色都市玄關的坑內廣場，早已恢復以往的平靜。瀧口坑必須在這個夏季開採十萬公噸的煤炭。根本不容許這場小小的災難，導致全盤機能停滯，就連一分鐘都無法容許。監工們的眼睛在黑暗中閃爍，炭車、籠子、泵浦跟抽風機，都恢復到讓人更不舒坦的安靜狀態，持續運轉。不過，在辦公室裡，主任非常不高興地大發雷霆。

主任先計算著起火之後，鬧哄哄的二十分鐘裡，有多少輛炭車停在片盤坑裡，有幾名礦工停下鐵鍬。接著則是計算起火坑道內部燒毀了幾公噸的石炭，不過這還是未知數。在尚未檢查現場的情況下，恐怕無法估算。這時，他命令一個辦公室人員去調查滅火的狀況。接下來，他必須了解這場損害應該由誰直接負責，還要調查起火的原因。主任命令另一名事務人員把獲救的女子帶過來，接著，他轉身，對著有如礦山局督導似的，擺個架子站在一旁的派駐員警說：

「唉，這也算不上什麼大事啦。」

只不過犧牲了一名礦工，也許真的算不上什麼大事吧。然而，大事就從這時開始醞釀了。剛才去查詢滅火狀況的事務員很快就回來了，他來報告那位名叫丸山的技師，被人殺死了。

二

技師的屍體倒臥在距離防火門有一小段距離的片盤坑一角。看來應該是在檢查熱氣時遇害，他面前的坑壁上，掛著切開的起火坑道排氣管，以鐵絲掛在坑頂的坑木上，腳凳上雜亂地放著分析用的工具。

屍體以俯臥的方式倒在地面，頭部流出的黑色液體，在泥土上閃現光芒。巨大的傷口將他頭部後方的頭髮沾濕，揪結的頭髮宛如栗子的刺殼，張開它的嘴巴。他們很快就找到凶器了。屍體腳邊附近，有一塊跟醃漬食物的重石大小相仿，四角圓潤的炭塊，沾了鮮血，泛著黑光，滾落在地上。主任看了那個炭塊，立刻不發一語地將目光移到坑頂。坑道沒有崩塌。儘管不是坑道崩塌，還是能留下這麼嚴重的傷口。

在這五百公尺的地底，氣壓也偏高。在地面上，假設有人從一千尺的高度往下跳，屍體幾乎都能保持原形。不過，如果是從豎坑墜入五百尺深的地底，則會變成讓人不忍目睹的粉碎屍體。這就是坑道崩塌最可怕的原因，即使是瞬間掉落的碎片，都能讓人的手指跟雞蛋一樣碎裂開來。這時，聽到此事的人們，對於一塊炭塊可以當凶器之事，並未感到懷疑。主任拿起凶器後立刻丟掉，臉孔也轉為蒼白。

之前一直呆立於原地的技工們開口說：

「剛才，淺川先生過來巡視，我沒有視察鏝刀還有所有的道具，不過在那段期間，的確是發生過這種事。」

淺川是監造的名字。技工叫做古井。他們兩人在起火之時都進入興奮狀態，尚未平靜時，又碰到這起事件，非常徬徨，心情無法平復。不過，無法冷靜的不只是他們兩人。就連平常作風大膽的主任，心裡都有一點慌亂。

起火的坑道只有一處。話雖如此，目前還未能得知那座坑道的損害程度，現在寶貴的技師又遭到不明人士殺害。主任長時間在由暴力支配的炭坑討生活，比起其他人遇殺，技師遭到殺害才是他最緊張的事。

不過，主任似乎很快就做出充滿威嚴的決斷。

「到底是誰幹的呢？您有沒有線索呢？」

待派駐員警說完，主任立刻面向他，焦慮地說：

「線索？我早就知道是誰幹的了。」

「跟一起火災事件有關哦，……一個礦工逃命的速度太慢，被關在這座起火的坑道裡。雖然很可憐，不過我也保不了他的性命。負責塗抹黏土的人是丸山技師。如今丸山技師已經遭人殺害，是誰殺的，可想而知。就算沒有確切的線索，大致上已經可以鎖定嫌犯的人選。」

「沒錯，一定是這樣。」

監造也主動附和。

監造是直屬於公司的特務機關，也是最忠誠的利益走狗，他表面上服從在現場指揮的主任，位居其次，不過，就勢力來說，他跟技師出身的主任不相上下，暗中擁有強大的勢力。員警用力點頭。監造又接著說：

「話說回來，這個年頭，可沒有人會為了外人出頭……，那個採炭場的礦工，叫做峰吉是吧？。」

事務人員點點頭，這次輪到主任開口：

「把他的父母跟活下來的女人帶過來辦公室。對了，那女人還有一個哥哥吧？一起帶過來。」

監造說：

「總之，要把峰吉的親屬全都查一遍。」

員警和事務人員急急忙忙地消失在黑暗之中，主任又走到封閉的起火坑道的鐵門之前，宛如倚在門上，停下了腳步。

密封法奏效了，坑道內的火似乎已經熄滅，鐵門之前幾乎已經感受不到熱度了。不過，如果現在急著開啟，也許會提供坑道新的氧氣，讓一息尚存的高溫之火，再度取回勢力。主任咂咂嘴，對監造說：

「可以幫我把立山坑的菊池技師找來嗎？還有你們，巡視完畢之後，到辦公室來一趟。」

立山坑是與此相隔一座山，位於室生岬中段，隸屬於同一家公司的姊妹坑道。那裡除了有專任的技師，還有一位隨時都能包辦瀧口、立山兩座坑道，也就是具備技師長資格的菊池技師，他應該在幾天前就到那邊去了。監造跳上一輛正好開過來的炭車，消失在黑暗之中。

待人潮散去之後，寂靜再度降臨。本來以為黑暗另一頭的水平坑道傳來的聲音，是峰吉母親的笑聲，不過，似乎有一場騷動，逐漸遠去，在炭車不絕於耳的嘰嘰聲中，他聽見那場騷動。左片盤的監工拿來草蓆，在主任的指示之下，蓋在技師的遺體之上。技工站在截斷的排氣管前，接下遇害技師留下的工作，摸了一遍之後，突然起身，說：

「主任。看來廢氣已經排出來了。」

「你看得懂嗎？」

主任露出微笑。

「我不懂艱澀的理論，我是從冒出來的氣味判斷的。火滅得差不多了，不過因為有煙的關係，才會冒出廢氣。」

主任湊到鐵管旁邊，立刻皺起一張臉，

「嗯，現在已可以銜接片盤鐵管，把這些廢氣排出去了。對了。你是用氣味來判斷啊？請你仔細調查，負責管理排放廢氣一事。接下來，我要去調查礦工了。不久菊池技師也會過來。」

技工著手處理鐵管的連結工作。主任留下技工，離開了。

在巡警與其他三名監工的監視下，四名可疑的嫌犯已經坐在廣場的辦公室。阿品已經換上睡衣，秀髮凌亂，像要把臉埋沒一般，靠在壁板上，肩膀起伏，用力喘息。哥哥岩太郎的臉與胸口都是骯髒的泥巴，心窩處像風箱一般，不斷地重覆鼓脹又凹陷的過程，主任走進來之後，他一直瞪視著主任。

峰吉的父親眼睛像死魚一般，一直盯著同一處，母親的手臂被監工抓住，偶爾露出扭曲的笑容，窸窸窣窣地完全靜不下來。

主任站在四個人的正中央，沉默著把嫌犯看了一遍。

「他們就是峰吉的所有家屬吧？」

其中一個監工說：

「是的。剩下的都是外人。」

辦公室隔成好幾個房間。主任命監工將四位名嫌犯逐一帶過來，跟員警回到隔壁房間，坐在已經會搖晃的椅子上，準備偵訊。

首先叫來岩太郎。

主任向員警使了一個眼色後，再度面向岩太郎。本來想要大聲咆哮，後來暫時摒住氣息，調整情緒之後，換上相當溫和的口氣。

「你剛才抱著妹妹上哪去啦？」

「……」

「你去哪了？」

不過，岩太郎只是坐在主任對面，一臉不悅，像牡蠣一般保持沉默。

員警覺得困擾，於是從旁插話。

「話說回來，這個男人跟那個女人是從儲藏室帶回來的……」

儲藏室必須爬上豎坑，是坑道之外的礦工聚落的儲藏室。主任沒回答員警，對岩太郎說：

「我的問題是，事件發生後，你是不是直接去了儲藏室！」

這時，岩太郎總算抬頭。

「我直接去了。」

他冷淡地回答。

「你確定？」

主任的聲音很緊繃。岩太郎依然沉默地輕輕點頭。

「好。」

主任轉向一旁的監工說：

「先把這個男的帶到那間房間等候，你立刻去豎坑的警衛室，問清楚這男的什麼時候抱著女人離開。」

監工立刻把岩太郎帶出去。

接著輪到阿品。女子一坐在椅子上，員警便對主任說：

「我們也向這女的調查了起火的原因。」

主任不發一語地點頭，對女子說：

「起火的是安全燈起火吧？」

「……」

「火源是安全燈嗎？」

阿品無力地點頭。

「是妳的安全燈？還是妳老公的安全燈？是哪一個呢？」

「是我的。」

「為什麼會起火呢？妳詳細說一下當時的情況。」

阿品一直沒有回答這個問題。不過，她很快就掉下眼淚，小小聲地著頭說了起來。這裡不再多做篇幅寫阿品用什麼方式描述當時的事了。因為阿品的陳述，與故事開頭的描寫分毫不差。

待女子說完之後，主任換了一個姿勢開口。

「總之，當時的事，還有後來的起火坑道現場，我們都會重新調查，看看是否如妳所說……。還有另一件事，當時，聽說妳被哥哥抱回儲藏室，沒錯吧？」

然而，這個問題有點難以回答。當時，阿品太害怕了，已經失去理智，才被岩太郎抱走，至於後來是不是直接被岩太郎帶回儲藏室，女子應該已經沒有印象了。不過，從主任的角度看來，當時的阿品跟岩太郎是最可疑的人物。所以他才會再三確認。

這時，辦公室的門打開了，剛才的監工帶著警衛室的警衛回來。

警衛穿著大了一號，領子相當寬鬆的立領上衣，頭髮已經花白，他在門口來回盯著岩太郎與阿品後，來到主任面前說：

「您問的是這兩個人嗎？是的，從十點二十到十點半之間，他們確實搭乘電梯走到坑道之外。」

「什麼？十點半以前就離開了？」

「是的，我很確定，在那一段時間，只有他們兩個礦工走到坑道外，我記得很清楚。」

「這樣啊。那麼，直到剛才把他們帶到這裡，他們都不曾回到坑道內嗎？」

「是的，沒有錯。其他的警衛也都知道這件事。」

「哦。好。」

警衛回去之後，主任與員警面面相覷。

說到十點半以前，起火坑道完成塗抹黏土的作業時間，正好是十點半，當時丸山技師還活得好好的，十點半以前就出坑的岩太郎與阿品，怎麼可能殺害技師呢？這樣一來，四名嫌犯中的兩人，已經同時洗清嫌疑了。還剩下兩個人。

主任先把岩太郎與阿品留在等待室，接下來叫了峰吉的父親。

「那個時候，你被左片盤的監工帶去哪裡了？」

目光宛如死魚的老礦工，每次發出聲音，肚皮都會擠出一大條橫紋，他說：

「請您問監工先生吧。」

左片盤的監工正在餐廳吃午飯，聽到主任的命令，立刻趕過來。

「那個時候，你從起火坑道前，把這個男人帶走了吧？後來你把他帶到哪裡去了？」

監工笑著回答：

「這個老爹當時嚇到腿都軟了。所以我把他帶到醫護室……，剛才我去醫護室拿草蓆的時候，他好不容易才能下床……醫生也花了不少時間照顧他呢。」

「原來如此。」

員警插話。

「等到他下床，就不知道他上哪去了，對吧？」

他又面向主任說：

「他有嫌疑。我可是在片盤坑的入口抓到他，他跟發瘋的老婆在那邊徘徊，才被我帶過來的。離開醫護室之後，不知道在哪裡做了什麼……」

「不對，你誤會了。」

方才一直保持沉默的主任突然發現甚麼似地說：

「原來如此。從他能下床的時間，直到被捕之前，不知道他在哪裡。可是……」

他朝著監工說：

「你去拿草薦的時候，他還沒辦法下床吧。你去拿草薦，是為了覆蓋丸山技師的屍體吧？」

「是的。」

於是主任又對員警說：

「丸山技師遇害的時候，這男人在醫護室，腿還在發軟呢。這男人在起火的坑道前嚇到腿軟，才被帶到醫護室。後來技師遇害，監工去拿草薦覆蓋屍體。直到那時，這男人才在醫護室裡站起來。也就是說，丸山技師遭到殺害的時候，這男人還在腿軟，需要醫生照顧。腿軟的人要怎麼走到片盤坑殺人呢？你懂了吧？這下總算知道誰是犯人了。把那個發瘋的老太婆綁起來。」

派駐員警驚訝地站起來，慌慌張張地衝到隔壁房間，當著岩太郎與阿品的面，不由分說地把峰吉的母親綁起來。

然而，此時此刻，發生了一起十分奇怪的事。這件事足以從根本顛覆主任一直以來充滿自信的推論。

話先說在前頭，遇害的丸山技師對工作總是非常地嚴格。因此，礦工們都很怕他，就連幹部們對他都是敬而遠之。不過，若是說要殺人，倒是沒有人跟他有什麼私仇，或是恨到非殺了他不可。只有這次塗抹黏土封閉礦工的事件，才是他僅此一次遭受怨恨的情況。因此，主任認為有人因為困住峰吉一事怨恨丸山技師，所以他把相關人等全部抓起來，從頭開始調查，最後終於即將達成目的了。而且，這四名嫌犯對於技工、監造等，跟丸山技師一起困住峰吉的人，應該抱持強烈的恨意，在尚未洗清嫌疑的情況下，就把他們押進辦公室，在員警及監工們的監視之下進行調查，在這段期間裡，直到發生奇怪事件的當下，都沒有人逃離現場。

到底發生了什麼事呢？……當他們認定峰吉的母親是為兒子報仇的犯人，正要請派駐員警逮捕她的時候。辦公室外面似乎發生一場騷動，玻璃門涮地一聲拉開，淺川監造衝了進來。他也沒看室內的情況，拼命喘氣，劈頭就對主任說：

「古井技工被人殺死了。」

三

像船員或礦工這類，從事極粗獷的工作的人們，似乎都有著常人難以想像的，膽小、怕事、杞人憂天的一面，猶如船員們對大海抱著奇妙的迷信，視大海為神祕的事物，幾乎到了可笑的地步，礦工們也是一樣，總是有一些奇妙的傳聞，像是在坑道裡吹口哨一定會觸怒山神，引起礦坑崩塌，或是在坑道內死去的亡魂，將會一直留在坑道裡，影響後人等等。為了安撫礦工們固執的恐懼心理，每當坑道內發生濺血意外時，通常會在現場設置注連繩[3]，做為鎮靈的象徵，無論是否發生怪異之事，都會設置，此舉已經成為常見的習俗。

在瀧口坑的片盤，今天也拉起了白色的注連繩。諷刺的是，理應由注連繩淨化的防火門前方，又染上了新的血液，而且不止一次，是兩次。片盤的男女礦工們，在罩著網子的昏黃電燈的光線照射下，在封閉的採炭場防火門前方，刻意從遠處觀望兩具並排的屍體，有別於上一次，這次鴉雀無聲。

技工的遺體就在覆蓋草蓆的丸山技師的遺體旁邊，彎曲成く字型，躺在地上。看來他似乎是伸長了身子，正在檢查氣體排出狀況時，遭人從後方撲倒，踩腳凳倒了，在他的身旁，躺著一塊比技師那時更大的、沾滿鮮血的炭塊。對方應該是趁他趴倒在地後，用盡力氣把巨大的炭塊砸在他身上。在後頭部到脖子留下

譯註3　神道的祭祀道具。相傳具有防止災厄、不清淨之物入侵的效果。

巨大的傷口，全都砸得稀巴爛，左邊的耳朵甚至已經看不出原形了。殺人事件應該發生在主任將技工獨自留在起火坑道前，回到廣場的辦公室之後，監造打電話給立山坑的菊池技師，順便吃完午餐，巡視到一半發生的事，犯人與之前殺害丸山技師時相同，一定是看準了現場沒有炭車經過的時機，摸黑靠近。

主任的臉白得像紙似的，環顧四周，心急如焚地把礦工們趕走。

殺害技工時使用的，是與殺害技師相同類型的凶器。而且兩者的吻合處還不止這點。技工跟技師一樣，只有一個可能遇害的理由。在封閉起火坑道時，受到丸山技師與監造的指示，親手拿起鏝刀，把黏土塗在鐵門上，活埋峰吉的實行者，只有古井技工這麼做。看來犯人一定是同一個，而且是繼承了慘遭活埋的峰吉那火熱的怨念，是冷酷無比的復仇者。

然而，這時主任陷入有如撞上鐵門似的推論黑洞中。

剛開始，主任認為應該儘快找出技師遇害的真相，將可能為峰吉復仇的人全都抓起來，一五一十地調查，不過，在調查四名嫌犯的途中，古井技工以同樣的方式遇害了。同時，四名嫌犯在技工遇害的期間內，確實被關在辦公室裡，一步也不曾離開。犯人會是這四個人以外的人嗎？不過，現在那群駑鈍的礦工之中，應該沒有戲劇性的瘋子，會繼承別人的怨恨，接二連三地殺掉公司的人。

原本主任覺得這件事很好辦，沒想到撞上意外的難關，他像是斷了線的飛箏，只能漫無目地徬徨著。

主任在黑暗中的摸索，很快就有了一縷光明。不過，這縷光線只是來路不明，宛如燐一般的微光，反而將主任推進慘白的恐怖谷底。

在瀧口坑的醫護室，隨時都會對死傷者進行炭坑獨特的粗魯驗屍。儘管坑道之中到處都有電燈，卻是沾滿炭塵的昏暗電燈，而且在設置之時，只針對坑道中炭車的通行所需，這是因為坑道狹窄，擔心對採炭率造成影響而設置的。

主任接獲醫護人員已經準備妥當，請他到醫護室的通知後，他姑且將兩具屍體移到醫護室，攔下正好開過來的炭車，鋪上草蓆後載運屍體。自己跟監造、員警則坐上下一輛炭車。

這時，一名年輕的礦工除了帶著自己的安全燈，又拿著另一盞已經熄滅的安全燈，從片盤坑的深處衝出來。見到主任之後，礦工立正站好，說：

「我在飲水區撿到一盞安全燈。」

主任一臉不悅地回應。

「什麼？你撿到一盞燈？」

在炭坑裡，安全燈可說是礦工們片刻不能離身的第二性命。安全燈不僅可以照亮黑暗的腳下，還能根據火焰的變化，調查是否有引發爆炸的瓦斯，可說是最寶貴的道具。不過，前面也提到，錯誤的使用方式可能導致極大的危險。竟然有一盞所有者不明的安全燈掉在地上，主任的臉瞬間僵掉了。

「幾號？」

「Ha 121。」

「Ha 121？」

監造歪著頭。主任從炭車上跳下來，用下巴示意挑夫行動。

「你現在馬上去警衛室，問一下Ha 121的礦工是誰。」

「偏偏是在事情這麼多的時候，」監造也把身子往前傾。「是哪個迷糊蛋啊？」

又對礦工說：

「你在哪裡撿到的？」

「就在飲水區旁邊，像是忘記拿似地躺在地上。」

飲水區——雖然說是飲水區，但只不過是能用水瓶盛接自然湧出的水罷了。位置在這條片盤盡頭的坑道。那裡也是片盤坑道的終點，也兼做儲藏室及小廣場。廣場也是一個野蠻的廁所。礦工們只要口渴，都會自己去那裡喝水。

「你是說忘記拿？好，等我找到那個礦工就好好處罰他。」

監造焦急地怒吼。主任則四處張望，確認在附近工作的挑夫身上是否帶著安全燈。身處於黑暗的世界，大家當然都沒忘記帶著光明。在這種情況下，絕對不可能忘記拿。恐怕不是有人忘了那盞燈，而是故意放在那裡的。如果是有人故意放在那裡，恐怕那名礦工不需要光線，或是不方便自己的身上有光線……，當主任還在思考之時，剛才的女挑夫沒推炭車，臉色慘白地跑回來了。

「Ha121是死去的峰吉的……」

「什麼？」

「是的，是峰吉先生的安全燈。」

「妳說什麼？峰吉的安全燈？」

主任的表情瞬間扭曲。

「等等。那是峰吉的安全燈……？」

怎麼可能會是峰吉的安全燈！如今已經沒辦法處罰峰吉了。不對，是想要處罰也沒辦法處罰，為什麼在坑道之中工作與死去的峰吉，他的安全燈會在這個節骨眼冒出來呢？

主任像是想到什麼，露出嫌棄的表情，把安全燈拿起來，以顫抖的聲音對著同樣面有異色的淺川監造說：

「總之，我們先撤退吧。接下來再好好想一想。不過我已經搞不清楚了。」

四

立山坑的菊池技師年紀還不到四十，正是精力充沛的年輕人，也東京大學工學部畢業的秀才，儘管如此，他最討厭一臉蒼白地坐在辦公室，閒暇之餘總會帶著槍，跟隨熊的足跡，他是個膚色曬得黝黑，臉色紅潤的人，每當他哈哈大笑，笑聲幾乎能讓桌上的設計圖跟著舞動。

菊池技師接獲通知後，來到瀧口坑，這時派駐員警正好前往轄區警局求援，主任找到峰吉的安全燈，暫時放棄驗屍與廢氣檢查，窩在辦公室裡，看似不安地抱頭煩惱。

然而，見到菊池技師後，主任的精神好多了。他立刻開始說明起火坑道的情形，不知不覺間，話題走了樣，起火事件變成了殺人事件。菊池技師原本以為自己只是來處理起火事件，聽到主任的敘述，逐漸被話題吸引。主任從丸山技師遇害及四名嫌犯，逐一詳細地講到技工遇害與峰吉的安全燈不可思議地出現，最後碰上的巨大矛盾，以及隨著矛盾湧現出一股深刻又異樣的疑惑，他多疑地沒提起這個疑惑，只是將事情的始末全都告訴技師。

「看來這件事跟獵熊一樣有趣呢。」

菊池技師聽完主任所說的內容，若無其事地笑了，不過心裡似乎還沒辦法消化，於是不發一語，有點困擾地思考著。

「聽到這起預期之外的詭異殺人事件，我也不知所措，有點煩惱呢。」

技師終於開口說：

「不過，主任啊。你也很過分耶。你為什麼沒說出自己的想法呢？我當然知道你現在有疑慮尚未釐清。不過我很清楚，這個疑慮可能很孩子氣、很蠢，應該是完全忽視理論的蠢問題，是一個怎麼也不應該說出口的內容。儘管如此，你沒有勇氣忽視這個疑慮。主任，你別生氣哦。……我這裡有一個讓你把頭痛根源一掃而空的手段。也不是什麼厲害的方法。就是打開起火的坑道瞧一瞧。你說對吧？我們不知道起火的時候溫度有多高，不過那絕對不可能是連人的骨頭都能燒光的溫度。」

「沒錯。」

主任說：

「因為我們很快就把火滅了。可是，現在有廢氣。」

「廢氣已經排掉了吧？既然如此，裡面總不可能隨時充滿廢氣吧，而且我們還有防毒面具。……不過，主任，在此之前……」

說到這裡，技師似乎想到什麼新的主意，眼睛突然亮起來，環顧四周說：

「淺川先生怎麼了？」

「淺川……？」

主任回頭，一旁的事務人員立刻說：

「他接到札幌總公司的電話，已經出去了……」

不過，淺川監造很快就回來了。技師簡單地打過招呼，閒聊了幾句，立刻換了口氣，說：

「老實說，淺川先生。這件事說起來也有點怪，礦工的活埋作業，至少應該有三個人動手吧？你也是其中一人，對吧？」

監造的臉色瞬間刷白。技師眼睛上翻地打量著他，安靜地說下去。

「這起殺人事件還沒結束哦。看來，這次輪到你了。不過……」

技師抬頭，急切地開口。

「你不用擔心。聽好了，丸山跟古井都是被炭塊砸死的，那是犯人沒帶武器的證據哦。你現在的情況可以攜帶武器。說不定我們能逮捕犯人。沒錯。我們可能逮捕犯人。既然你已經被犯人鎖定了，現在，只有你是逮捕犯人的最佳人選。在我們面前隱藏身影的犯人，一定會在你面前現身。」

「原來如此。」

主任說：

「果然是獵熊的專家，說得有道理。」

菊池技師認真地繼續說：

「我現在要在你們兩個面前提案。也就是請淺川先生攜帶武器，單獨前往犯案的現場附近。我們當然會跟在你後頭。只要帶著武器，就不用擔心出事了。你們覺得如何？我認為我們應該及早採取行動。」

主任立刻贊成。

監造考慮了一下子之後才起身。接著，他不知道打哪兒拿出一把罷工全盛時期買的匕首，以刀柄敲響地面，

「麻煩你們支援了。」

說完就以十分悲壯的模樣出發了。

主任與菊池技師等了一會兒，才跟在監造身後。不過，經過水平坑道，來到起火坑道之前的片盤坑，技師停下腳步，對主任說：

「如果禁止人員出入這條片盤坑一個小時，大概會對採炭造成多少影響呢？」

「什麼？你要停止片盤？」
主任瞪大了眼睛。
「沒錯。」
「別開玩笑了。怎麼可以停工……」
「不這麼做的話，要是犯人跟我們擦身而過，從這邊逃出來，該怎麼辦呢？」
技師說：
「對了。如果只有這條片盤，差不多三十公噸左右吧？主任。如果是這種程度的犧牲，請下定決心喊停吧。現在可是危急情況耶。」
「看來比起算盤，你似乎更喜歡打獵耶。」
主任不禁苦笑，技師立刻拉起片盤坑入口的巨大防火門，向在水平坑道聚集的礦工與監工們表示，為了處理事情，他會和主任一起衝進片盤坑，請監工從外側鎖上防火門。迎面而來的左片盤炭車行列，立刻碰上異常的禁止通行，由於峰吉才剛被活埋，大家立刻一片嘩然。不過，人們看到主任與技師跟自己關在一起，馬上察覺這並不是惡性的封閉，而是出於某些原因的禁止通行，剛掀起的騷動很快就平息了。

跟碰見的挑夫詳細說明事情始末後，主任與菊池技師往片盤坑的深處前進，最後終於在密閉的峰吉炭場入口附近，碰見超乎他們預期的情況。

充當誘餌的淺川監造臂力比正常人大了一倍，而且還帶著武器，應該做好萬全的準備工作。再加上對方躲著，根本沒有武器。應該沒什麼危險才對，儘管如此，當主任與技師抵達目的地之時，監造已經躺在地上，斷了氣。

在仰躺呈大字型倒在地面的屍體之上，覆蓋著比之前更大，跟飛石[4]差不多的平面炭塊，幾乎把屍體的上半身都蓋住了。看來炭塊並不是從別的地方運來的，在一旁炭壁上有一個不規則的凹凸面，宛如崩塌似的，有個剛敲下炭塊的嶄新切面，大大小小的各種炭塊掉在地面，四處崩落在屍體旁邊。殘忍的殺人犯在

譯註4　庭院裡踩腳的石頭。

被揍倒在地的淺川監造臨死的身上，砸下最後的凶器。

主任忍不住撿起監造的匕首，環顧四周，同時與技師合力取下屍體上的炭塊。屍體的頭跟胸口都被砸到變形，實在是太殘忍了，不忍卒睹。

他們只是慢了一步，珍貴的誘餌就被甚至不曾現身過的殺人犯奪走了。儘管這是預期之外的危險，對他們來說，這可是重大的過失。兩人感受著強烈的自責心苛責，同時，這起事件的完成指示，讓他們的心裡受到明確的暗示吸引。對方終於完成復仇了。而且，還是一個赤手空拳，就能一步步完成目標的男人，他到底是誰呢？犯人是這片盤坑內的平凡礦工嗎？還是……主任把目光移向鐵門。他走近鐵門。把手貼上去。鐵門早就完全冷卻了。菊池技師調查了排氣管。不過，廢氣已經稀釋到幾乎沒有任何危險性的地步。兩個人砸砸嘴，合力將鐵門縫隙上乾燥的黏土剝下來。

黏土很快就剝乾淨了，技師扭開門閂，用盡全力拉開鐵門。一股異樣的暖風流進黑暗之中。兩個人舉著光線微弱的安全燈，重新踏進敞開的起火炭坑。一走進去，他們立刻將安全燈湊近地面，開始尋找峰吉的遺骨。沒想到兩人竟跨入難以言喻的恐怖境界。

找不到峰吉的遺骨！

怎麼也找不到！兩側燒爛的炭壁像是吸了墨汁的舊海綿，呈現不規則的衰敗，原本的坑木架呈鳥居的形狀，也燒得腐朽，地面到處積著滲炭壁滲出煤焦油的瓦斯液，發出異臭，不管他們走了多遠，別說是峰吉的遺骨了，就連白色的骨灰都沒看見。兩人像是被什麼東西附身似的，在坑道之中徘徊。不久，他們來到起火的中心點，鐵軌已經燒得扭曲、膨脹、鼓起，像麥芽糖一般彎曲著，上頭壓著沒燒完的鐵鍬、炭車的車輪，空氣依然維持著令人不適的熱度，也就是說，他們已經來到採炭場的終點，依然什麼都沒找到，他們終於發現事情大條了，呆呆站在原地。

最糟糕的情況出現了。前面也說過，採炭坑像是一座在炭層中橫向挖出來的井，除了以鐵門緊閉的入口之外，甚至沒有洞穴可容一隻螞蟻進入。原本應該被封閉在坑道之中，被火焰包圍的峰吉的屍體，現在別說屍體了，就連骨頭都消失了，這是絕對不可能發生的事。然而，這裡卻發生了不可能的奇蹟。主任清楚地意識到，自己不經意的疑惑，終於導致可怕的結果，忍不住全身僵硬。

恰巧在這個時候。

突然，在他們的頭頂上方，有個聲音或遠或近地搖動一旁的炭壁，打破周遭寧靜的氣氛，出乎他們的預料。

……唧唧唧……

……唧唧唧……

他們聽見一個難以名狀的異樣聲響。

剎那間，兩人摒息豎耳傾聽。那個不知是低鳴或聲響的聲音立刻就停止了，四周很快又恢復平靜。

然而，長期在炭坑討生活的人，立刻就明白那是什麼聲音。

那是已經結束採炭的廢棄坑道，在炭柱崩塌等時刻，會發出的可怕聲響。當炭柱崩塌，兩邊牆面開始傾斜的時候，地壓使天花板下沉。下沉一定是間歇性地逐漸發生，不過會先由坑木折斷開始，當天花板出現裂隙時，就會聽見那異樣的鳴動。那個聲響就是崩塌的前兆，炭坑的人們稱之為山鳴，畏懼萬分。

那聲響確確實實是山鳴。起火坑道內的坑木已經燒盡，起火的同時，坑道裡的氣壓瞬間膨脹，然後慢慢收縮，造成兩側壁面歪斜，才會讓天花板慢慢往下沉。

主任臉色刷白，將安全燈高舉到天花板。不過，等待著他的，是更可怕的事實。

壓在他們頭頂的天花板，不知何時已經出現兩、三道宛如鱷魚的黑色大裂縫，從燒爛的裂縫內部，滴答滴答地落下水滴。水流進來了。當主任發現水滴之後，立刻伸手接過一滴水，不安地湊到自己嘴邊。下一秒，他嚇得跳起來。

仔細想想，出現天花板崩塌、火災跟地下水等情況，都表示炭坑的氣數已盡。對於瀧口坑來說，總有一天要面對這個未來，他們也做好最佳的防禦與準備，與之對抗，不過，在他們做好的準備之前，有一項無可救藥的致命事物，同時，現在滴在主任舌尖的這一滴水，決定了這座瀧口坑全山死亡的命運。用任何手段都無法阻止那滴水，那既不是地下水，也不是瓦斯液。而是極為平凡的鹽水。

「糟了！」

嚐到大海首次造訪滋味的主任，不禁以顫抖的聲音大喊。

「現在顧不得殺人事件了。大海終於來了！」

然而，在這麼重大的事件之前，從這時起，菊池技師的態度也出現不可思議的變化。像是放下心上的大石，又像是站著打瞌睡似的，他展現大膽又異常，既清晰又穩定的思考。

「敵人是大海的話，沒救了。」

不久，技師冷冷地說著。

「放棄吧，主任。我們有足夠的時間，我們冷靜下來，做好避難的準備吧。

不過，你剛才說現在顧不得殺人事件了，對吧？原來如此，說不定這才是原因。不過，鹽水跟殺人，絕對不是毫無瓜葛哦。主任，請你注意看那道連內側都燒爛的大裂縫。我覺得自己好像快要查明這起事件的真相了。」

五

幾分鐘後，以封閉的片盤坑為中心，在黑色地下都市的中心，湧現一股異常的緊張氣氛。

主任再度鎖上瀕臨崩塌的廢坑道的厚重鐵門，慌忙衝到電話室，向立山坑的地面辦公室及札幌總公司透露海水滲入的慘痛消息。接著為了避免狹窄的豎坑出口出現推擠死亡的意外，著手進行綿密的避難準備。

另一方面，菊池技師總算拿出他在獵熊時鍛練出來的勇氣，離開那道有問題的片盤坑鐵門後，再次把門鎖上，召集水平坑的監工們，讓他們嚴密監視上鎖的入口。殘忍的殺人犯可能躲在深邃片盤坑的某個角落。直到逮捕該名男子之前，不能讓任何人離開片盤坑。完成滴水不漏的警備陣容之後，技師來到廣場的辦公室。

到了廣場，距離豎坑最近的片盤的礦工們突然接獲停工的命令，一副丈二金鋼摸不著頭腦的樣子，吵吵鬧鬧地準備撤退。主任接二連三地向其他幾個片盤的監工們做出指示，看見技師後，跑過來說：

「接下來輪到左片盤了。出發吧。」

「請等等。」

技師打斷他。

「在此之前，我想要查明兩、三件事。」

「你說什麼？」

主任嚇了一跳，焦急地說：

「到了這個節骨眼，怎麼還說這麼悠哉的話呢？犯人應該已經被關在那條片盤裡了吧？必須早點把他找出來，儘快開放那道片盤。」

然而，菊池技師卻不為所動。

主任只好搶先一步申請搜查，條件是在技師來之前，不能放礦工外出。

待主任消失在水平坑的黑暗之中，菊池技師立刻將留置於另一間房間的阿品叫到辦公室。阿品有問必答，相當冷靜地再次複述剛才跟主任說過的內容。等到女子陳述完畢之後，菊池技師再三強調地反問。

「這件事很重要，我再問妳一次，當妳從起火的坑道逃出來，監造跟技師還有技工他們趕過來，把防火門關上的時候，妳確定峰吉沒有逃出來嗎？」

「是的，我很確定。」

阿品睜大紅腫的眼皮，明確地回答。

技師像在整理腦海中的事情，閉上眼睛片刻，又立刻起身，前往電話室。差不多十分鐘就回來了。大概是去打長途電話吧。不過，菊池技師回來之後，微禿的額頭顯現異樣的決斷，他帶著阿品前往水平坑。

在封鎖的片盤坑前，主任跟兩、三名監工在一起，拿著匕首，臉色蒼白地站在那裡，一見到技師便湊過來開口說：

「菊池老弟。這下麻煩了。」

「怎麼了？」

「就是那個……，真的很奇怪。坦白說，在這道片盤沒找到犯人。別說是坑道了，每一座採炭場、廣場，還有儲藏室，我們全都找遍了，什麼都沒找著。」

這時，菊池技師以冷靜的口吻，說了出人意料的事。

「你到底進坑去找誰呢？」

「咦？你問我找誰嗎？」

主任有點猶豫，

「當然是犯人啊。」

「我就是說那個。你剛才就口口聲聲說犯人、犯人，你到底在說誰呢？」

「什麼？」

主任愈來愈遊移不決，

「當然是礦工峰吉嘛。」

「峰吉？」

說到一半，菊池技師露出困擾的表情，沉默不語。不久，他坐在一旁的炭車上，以鄭重的口氣平靜地說：

「坦白說，我剛才跟你一起進入這道片盤的時候，我也不是很清楚犯人是誰。只知道犯人確實被關在片盤坑裡，不過，到底該找誰？只有一個犯人的抽象形象，不知道誰才是該逮捕的犯人。不過，我現在已經可以具體指出是誰了。」

菊池技師從炭車上起身，走到主任面前，接著說：

「看來，我所掌握的具體內容，比你掌握的具體內容來得正確。……主任，你對於整起事件似乎有重大的誤會。你拘泥於事件表面的幾個事實，以及由這些事實合成的某個合理的形式，讓你忽視理論。……一名礦工遭到活埋，負責活埋的人們接二連三慘遭殺害。然而，犯人卻不是涉有重嫌的礦工死者家屬。接著，有人在起火坑道之外的某處，找到理應死於活埋的礦工的安全燈，調查起火坑道後，沒找到礦工的屍體，甚至是遺骨……組合這些事實之後，你抱著極為合理的疑惑，你認為那個被活埋的礦工自己用了某種方法起死回生，逃出坑道，對活埋自己的男人復仇。不過，這個看似合理的推論其實並不合理，只不過是你就事實做出的解釋罷了。無論這個解釋富含多麼合理的暗示，為此，你必須接受他從絕對不可能脫逃的坑道之中逃出來，這個極不合理的矛盾。」

主任十分不悅地說。

「你的看法又是如何呢？」

技師又接著說：

「簡單地說吧。當我沒能在那座起火坑道找到礦工的遺骸之時，我就開始思索新的可能性。……首先，坑道裡沒有遺骨，所示峰吉一定出來了。然而，我們也不用刻意去找人，既然關上防火門之後不久，火就滅了，這裡又像一只水壺，除了防火門之外，那座坑道絕對沒有其他脫逃的出口。表示峰吉一定是從防火門逃出來的。然而，防火門的門閂在外面，間隙又抹上黏土，乾燥之後也沒有被打開的痕跡。也就是說，從防火門關上之後，到剛才我們打開為止，絕對沒有人開過這扇門。所以峰吉怎麼了呢？他只能在防火門關上之前脫逃吧？……不過，到了這個地步，我用新的觀點去調查其他的事實。……這名可愛的女子，當時聽著身後男子的腳步聲，從起火的坑道衝出來。她衝出來之後，鬆了一口氣才回頭，那時，聽見爆炸聲趕過來的淺川監造打算關上防火門。而且把門關上了。接著技師來了，技工跑過來，開始塗抹黏土，……這裡是關鍵哦。聽好了，峰吉必須在防火門關上之前離開，表示當時跟在女人之後衝出來，還要在淺川監造關上防火門之前衝出來。也就是說，衝出來之後，鬆了一口氣回頭的女人，跟正在關防火門的淺川監造之間，峰吉存在於這段什麼都沒有的空間裡……」

「等一下、等一下，我好像聽懂你在說什麼，又聽不太明白。」

主任皺著眉頭打斷他。技師不在乎地說下去。

「聽不懂也是很正常的哦。就連我都是用理論去拆解，才慢慢釐清事實……當時真的發生怪事了。也可以說是命運的惡作劇。」

說到一半，技師轉向站在一旁的阿品。

「我想再問妳一件事，……當時，妳說妳推著炭車從坑底回來，從片盤進入自己的採炭場，在黑暗的坑道之中，撲到總是在那裡迎接自己的峰吉身上，妳確定那個男人是峰吉嗎？」

技師意外的話，讓阿品瞬間倒抽一口氣，瞪大雙眼。

「妳說過，峰吉總會在那片黑暗之中抱住妳吧。當時，在黑暗之中抱住妳的男人，確定是峰吉嗎？」

「……對……」

「再問妳一件事，當時的峰吉有沒有帶安全燈？」

「沒有。」

「妳的安全燈呢？」

「掛在炭車的屁股上了。」

「也就是說，那盞安全燈的光線，被車框遮住，並沒有照亮前方，只能照亮炭車屁股的地面……，妳說妳扔下炭車，任它往前跑，然後妳撲到峰吉身上，那麼，直到炭車開到峰吉面前，安全燈的光線都沒照亮峰吉的臉，當炭車經過峰吉面前，炭車屁股上的安全燈光線照到峰吉身上時，峰吉的身體不就是背光中浮現的影子嗎？妳怎麼能肯定對方就是峰吉呢？」

「……」

阿品一臉茫然，低著頭。不過，她臉上充斥著難以掩飾的不安。技師再度面向主任。

「你大致明白我的想法了嗎？不對，除此之外也沒有其他可能性了……。也就是說，在起火的時候，峰吉打從一開始就不在坑道之中。」

「等一下。」

主任打斷他。

「你的意思是，這女人在黑暗中抱住的男人，並不是峰吉嗎？」

「沒錯。因為峰吉不在外面，也不在裡面，不過，事實就是如此吧。」

「那麼，那個男人到底是誰？」

「他在女人之後衝出來，而且沒留在坑道裡，所以就是當時在女人之後，在防火門之前的男人。」

這出乎意料的結論把主任嚇得說不出話來。不過他立刻重振氣勢，

「按照你的說法，整起事件就變得十分詭異了。像是如果起火時峰吉不在場，他上哪去了呢？」

「關於這一點呢，」

技師喘了一口氣，

「我們要用目前的新觀點來看另一個事實。……回到飲水區的安全燈，在你的解釋之中，你認為那盞安全燈是峰吉在被關閉之後逃出來，怕它妨礙殺人，所

以扔在地上。不過，根據我現在的解釋，那盞安全燈顯示了起火當時不在裡的峰吉的所在位置。峰吉去了飲水區。」

「原來如此。那又如何？峰吉跟起火完全無關。也就是說，他跟活埋完全無關。那麼，為什麼沒被活埋的峰吉，要接二連三地殺害那些塗抹黏土，跟他無冤無仇的人呢？」

「看來你還是抱著錯誤的先入為主觀念。」

菊池技師苦笑，雙手交握，看似焦慮地來回踱步，說：

「我一路思考到現在，在我的思考範圍中，應該完全沒提到凶手是誰吧？不過，我們現在要調查另一項事實。關於這裡的殺人事件，三起殺人事件看起來似乎是死者分別遭到殺害，其實有好幾個有趣的連結。首先是凶器，三個人都是被炭塊砸死的。被炭塊殺死這件事，看起來平凡無奇，事實並不是這樣。主任。根據統計，在礦工相殘的殺傷事件中，最常見的凶器是什麼，你應該很清楚吧？是鐵槌或鐵鍬哦。對於礦工來說，手邊再也沒有其他更強力的武器了吧。對礦工來說，它們就像安全燈一樣，是重要的工作道具，一定會隨身帶著。然而，這起事件的凶手卻是罕見地用了炭塊殺害每一個被害者。這個事實是整起事件中我覺得事有蹊蹺的部分，表示凶手除了炭塊之外，找不到更合適的凶器，也就是說，我認為凶手不是礦工，而且是臨時起意。不過，根據你的解釋，你認為整起事件的被害者為什麼遭到同樣的手法殺害，共通的理由來自被活埋的男人的怨恨。事實上，男人根本沒被活埋，你的想法本身就是錯的。倒不如說，你誤以為三個人將峰吉活埋，所以遭到死者家屬的怨恨。可是死者家屬並不是凶手，倒是沒什麼問題。至於其他被害者遇害就沒有共通的理由了嗎？倒也不是沒有……。不久之前，我就察覺這一點，被害者有共同的特徵，他們都想要早點開啟這座起火的坑道，正在檢查滅火及廢氣的排放情況時，遭到殺害。用另一個角度思考，凶手想要阻礙他們的工作，你想要儘早開啟起火坑道，調查起火的真相，凶手想要阻礙你的意志。說得更清楚一點，在某個時間點之前，凶手不想讓你看到起火坑道的內部。所以他想要儘可能地延遲起火坑道的開放時間。」

「等一下。」

主任再度喊停。

「凶手為什麼不想讓我看到坑道內部呢？剛才我跟你兩個人調查那座起火坑道的時候，根本沒看到什麼跟這起殺人事件有關的線索啊？」

「有哦。主任。你振作一點。我們不是在那座起火坑道找到重大的發現嗎？理應被活埋的峰吉不在裡面的大發現，不對，現在不是管這個的時候了。還有更重大的發現，天花板的龜裂跟鹽水！」

聽到這句話，站在一旁的礦工們引起一場異樣的騷動。海水滲進來了！對礦工們來說，和這個事實比起來，之前的殺人事件根本微不足道。技師熾熱的雙眼蘊含著火一般的氣魄，制止了人們，對主任說：

「請打開片盤。然後把全部的炭車都放出去吧。」

不久，幾名監工匆匆忙忙地往左右拉開厚重的鐵門，片盤坑裡的礦工們紛紛交頭接耳。滿身大汗的女挑夫們，小麥色的裸體渾身發亮，推著炭車出來，技師往前跨一步，大喊道：

「請大家把石炭全都撒在這裡。把炭清空再走。」

聽見技師奇妙的命令，女人們面面相覷，呆立於原地，不過，看到一旁的主任沉默地點頭，紛紛遵從技師的命令。

瀧口坑的炭車都是打開車框卡榫便可翻轉箱子的翻斗車。挑夫們遵從技師的命令，依序出來後，當場翻轉箱子，將堆積的石炭倒光。很快就堆成一座石炭山。不過，待第十二、十三台炭車翻轉箱子時，發生了一件不得了的事。

從大箱子倒出來的石炭之中，滾出一名全身被炭塵染黑的全裸男子，他跳起來，驚嚇地四處張望。

主任大叫。

「欸，淺川監造！」

那正是應該被炭塊壓扁，已經死亡的淺川監造。看到對方立刻做出逃跑的動作，技師從主任那邊搶過匕首，用刀背猛打他。

待監造昏倒之後，菊池技師帶著驚魂未甫的主任跟阿品，無視吵吵鬧鬧的礦工群，搭乘炭車進入已經開放的片盤坑。他們很快就來到起火的坑道前方，技師以下巴指示放在那裡的「淺川監造的屍體」，對阿品說：

「妳仔細看看這個死人。內褲可能被監造掉包了，不過妳應該認得出他的身體。」

剛開始，女人害怕屍體，只敢站著看，後來她慢慢整個身子前傾，湊近死人，以灼熱的視線，盯著已經分辨不出長相，嚴重扭曲的面孔，她繼續往前，蹲下來，突然發出奇怪的聲音，抱起死人的身體，回頭以沙啞的聲音說：

「是我家的峰吉。」

六

這時，技師不小心脫口而出的話，對整個瀧口坑造成劇烈的衝擊。剛開始，人們從一號坑陸續出坑，當海水滲入的事實傳進剩下大約一半的礦工們耳裡，情況逐漸失去控制。人們扔下炭車，拋下鐵鍬，有如潮水一般，推擠著湧向坑底、豎坑。不知道從哪裡打來的電話鈴聲，一直在廣場的辦公室裡響個不停，由管理瀧口、立山兩坑道的地面辦公室趕過來的救援隊，在廣場前方與逃命的礦工們發生爭執。

主任一行人跳上最後一輛炭車，急忙趕往豎坑口，卻又以難以取捨的語氣，詢問技師。

「你的意思是說，殺害丸山技師、技工跟峰吉的男人，就是淺川監造嗎？」

技師默默點頭。

「那麼，最後才遇害的峰吉，之前上哪去了呢？」

「第一個遇害的就是峰吉。」

「第一個？」

「沒錯。他可能在飲水區遭到殺害。監造先把峰吉的屍體扔到一旁的儲藏室，然後才到採炭場放火。」

主任忍不住反問。

「什麼？放火？」

「對啊。如果你覺得那只是失誤，那就錯得離譜了。把峰吉的鐵鍬放在軌道上，在黑暗中擁抱女人，利用夫妻的習慣與女人的安全燈，點燃了炭塵。其實這是陰險至極的做法。只要這麼做，事後監造單位調查起來，也不會把起火的責任怪到他身上。」

「可是，他為什麼要在那座採炭場放火呢？」

「剛才也說過，因為在那座採炭場裡面，有一個在某個時間點以前都不能讓別人看見的東西。所以，他才會讓坑道失火，以免人員進出，而且，他也是為了同一個目的，收拾了事後為了開門，來檢查熱氣瓦斯的丸山技師跟技工。我想現在你應該打算問我，我們為什麼能平安地打開那扇門吧？因為，當時已經過了那個時間點。而且，當時我過來了，在此之前，大家的想法都中了監造的圈套，如果這起殺人事件是為了報復動手活埋的人，這次輪到監造遇害了，無計可施的監造只好從儲藏室裡拖出峰吉的屍體，假裝自己遇害，再偷偷躲在炭車裡，打算突破嚴格的封鎖線，逃出這座已經報銷的瀧口坑。」

「等一下。」

主任打斷他。

「剛才你說監造不想讓別人看見的東西，是天花板的龜裂跟海水滲入。可是那個跟這起殺人事件根本是兩回事啊，再說回來，那座採炭場起火的時候，天花板還沒出事吧？」

「別說笑了。海水滲入跟這起殺人事件有著密切的關係哦。而且主任啊。雖然放火讓天花板的情況更嚴重了，不過在失火之前就已經出現異狀了哦。地殼可能比我們預期的更脆弱吧。主任，當時已經有人在關心這件事了吧？請你仔細想想。那道龜裂是不是連內側都燒爛了呢？也就是說，那不是火燒之後才裂開的，而是裂開之後才被火燒的。沒錯。監造比任何人都還早發現那道龜裂跟滴落的鹽水。」

「原來如此。可是監造為什麼不提早告訴大家這個危險的狀況呢？為什麼要瞞著我們呢？還有，你所說的時間點，又是什麼意思呢？」

「那就是這起事件的動機。監造首先發現海水滲入的事實，向某個地方通報。他大概收了不少錢，要他在某個時間點以前，阻止這個可怕的事實外洩吧。至於某個時間點，你應該也知道吧？我抵達這裡的時候，札幌打電話給監造。就是那個。一定沒錯。我的想法肯定沒錯。為了確認我的疑惑，我剛才下定決心打給小樽的證券交易所。你知道怎麼了嗎？中越炭坑的股票，從今天上午十一點開始，有相當大的動作。從十一點開始哦。主任。比起在現場的我們，公司的大人物可是在幾個小時之前，就知道瀧口坑的命運了。」

說著，技師以某種尋求未解謎題的虛幻眼神，心不在焉地望向前方已經看得見的辦公室燈光。

然而，不到十分鐘，喀啦喀啦的異樣地鳴聲，響徹整座瀧口坑，讓豎坑口忙著逃命的人們都忍不住停下腳步。很快地，坑道旁的流水溝大量湧出不知來自何方的污濁水流，無視四部灼熱的多段式泵浦，一寸、兩寸、水位愈漲愈高……。

葬禮機關車

不到兩分鐘的時間，那個聲音逐漸接近，很快就聽見踩在軌道床碎石子上的腳步聲，鐵軌上方出現一個漆黑的人影。

——對，您說的沒錯。天氣好轉之後，像這樣搭火車旅行，真的很輕鬆。……對了，您要坐到哪一站呢？……哦哦，東京啊。您在東京就讀大學嗎？……這樣啊。很厲害耶。……咦？我嗎？我要前往更前面的H市。是的。就是機關庫[1]那裡。

——兩年前，我還在那裡上班哦。我在H車站的機關庫工作了一段的時間。……沒什麼啦，因為一些緣故，我離職了，可是我會在每一年的這一天——也就是三月十八日，為了一件跟一名可憐女子關係密切的大事，前來H市。咦？你問我離職的原因嗎？……說起來也很不可思議呢。正好在一年前的三月十八日，我在前往H市的車上，也碰到一個跟您一樣了不起的大學生，對方也問我同樣的問題。我想這一定是佛祖的安排。……不會的，這是一個開心的話題。學生的個性真是爽快……。

——我之所以離開鐵道的工作，還有為什麼每年三月十八日都要前往H市，老實說，是一段有點特別的故事哦。至於這個故事，從某種觀點看來，也是一件命中注定的故事，對於像您這種學習新知的人來說，也許會不以為然吧，請您當成在車上打發時間……抱著這個心態聽聽我的故事吧」。

——故事要回溯到好幾年前，在我工作的H車站的那座扇形機關庫——通常我們稱它為Roundhouse——那裡有一部被多數員工稱為「葬禮機關車」，已經被燻成黑色的老舊大型機關車。型號．編號為D50．444號，在宛如磨臼般堅固、威猛的四對驅動輪之上，放著有如孕婦大肚子一般的渾圓鐵罐，上方又頂著像茶壺的煙囪、或是外型像福助[2]頭的汽包，是一輛加掛煤水車[3]的貨櫃列車用氣派機關車。

然而，奇妙的是，在H車站機關庫裡的眾多機關車裡，也許是偶然吧，這

譯註1 停放、維修火車的地方。

譯註2 一種男子玩偶，特徵是頭大身體小，綁著武士頭。

譯註3 一種提供燃料和水的特殊車輛。

輛機關車是最常發生輾斃事故的冒失鬼，自從它在大正十二年[4]，於川崎出廠之後，立刻就啟用為東海道線的貨櫃列車，直到當時，您知道嗎？總共發生了二十幾起輾斃事件，現在可說是創下了無人能及的，該怎麼說呢？……紀錄保持者？在H機關庫也掌握前科犯的霸權，知名度高得很呢。

然而，後來又發生另一件怪事，不知道該說是這輛罪業深重的煤水車式機關車運氣不好呢，還是命中注定呢，在將近十年的漫長歲月裡，每次機關車發生事故，都是由同樣兩名可憐的男子擔任車掌。

一位是火車司機長田泉三，他畢業於N鐵道局教習所，已經是老鳥，當時三十七歲，只要把鼻子下的假鬍子撕掉，看起來簡直就像音羽屋[5]，身材又高又胖，看起來比實際年齡年輕多了，機關庫的所有人都叫他「長泉」。另一位是助理司機杉本福太郎，年紀還不到三十，身材矮小，膚色白皙，體型瘦弱，鼻子底下總是沾滿煤灰，看起來跟「長泉」的鬍子沒什麼兩樣。

兩個人都是性情溫吞的人，脾氣很好，只是酒過三巡總會跟女性莫名其妙地吵起來，大吵大鬧，儘管如此，對於D50，444號令人毛骨悚然的經歷，多少抱著敬畏——表面上這麼說，心裡應該十分害怕。剛開始，兩人都不敢露出害怕的態度，隨著讓人不舒服的事故再三發生，兩人逐漸無法忍受。最後，在距當時三年前的某個秋夜，那天夜裡正好下著秋季冰冷的綿綿細雨，在H車站附近的陸橋下，輾碎某個瘋狂的四十歲女子身體時，據「長泉」表示，他們兩人開了一場特殊的憑弔儀式。為了對被害者的靈魂表達微小的供養之意，在駕駛室的天花板掛了便宜的小花圈，掛七七四十九天。兩人很快就實行了憑弔儀式。

這場小小的活動，很快就在職場的同伴之間掀起良好的回響。鬍子男的感傷，使人們對他產生好感。到了這個地步，有點可笑的是，「長泉」跟助理杉本逐漸覺得他們體貼的舉止是十分有意義的事情，後來，每次發生事故時，他們總

譯註4　一九二三年。
譯註5　歌舞伎表演者的屋號，此處指尾上菊五郎。

不忘在駕駛室的天花板掛起新的花圈，一掛就是四十九天。曾經何時，人們就稱D50．444號為「葬禮機關車」了。

欸，學生啊。

到了兩年前的冬天，D50．444號的確出了好幾場奇妙的事故。

事情發生在二月初，某個到處都結了一層霜的早上。

當時，D50．444號是在一天一夜的時間裡，往返Y到N之間的貨櫃列車，準時在上午五點三十分吐出比霜更白的廢氣，由上行[6]列車的方向，抵達H車站的貨物月台。

到了月台，在車掌、貨運人員的指揮之下，很快就開始卸貨作業，副站長則提燈檢查列車。另一方面，助理司機杉本用爐火點燃金蝙蝠[7]，叼著菸，一手拎著油罐，哼著歌，從鐵梯子爬下來。

不久，杉本神色大變，不發一語地衝回駕駛室，坐在瞪著壓力錶的「長泉」面前，以一種奇妙的冷靜態度脫下帽子與手套，在纖瘦的手背吹一口氣，再用手背把鼻子底下的煤灰擦乾淨。這可以說是每回機關車的車輪沾到輾死者的肉片時，杉本都會進行的一種儀式，也可以說是一種習慣。我先聲明一下，就算巨大的機關車在夜裡輾斃一、兩個人，司機不知情也是很正常的。

「長泉」不太高興地站起來。接著高聲呼喊站員們。……在副站長的指示之下，他們很快就臨時替換機關車，讓D50．444號隨兩名司機一起進入機關庫。

在兩、三名機關庫工作人員的協助之下，他們開始為機關車清潔，對於工作人員來說，清潔工作既麻煩又令人作嘔，也不是什麼簡單的事。若是遭到輾斃的人手臂不見了，或是雙腿輾斷，又或是身首異處，像這類宛如被利刃割過，傷口平整的死亡狀況，機關車的車輪偶爾會沾到兩、三片類似乾燥霜降牛肉一般的物體，事後看起來只會像是沾到黑色的污垢。對於神經比較大條的男性來說，可

譯註6　指開往首都方向、從支線開往幹線的方向。

譯註7　日本的香菸品牌，已停產。

以若無其事地，像在清潔肉店的砧板一般，只要心懷敬意就沒問題了，不過，一旦遭到輾斃的人捲進機關車的車台正中央，頭捲進車軸裡，或是手腳勾在輪軸、連動桿上，身體被全速拆解時，機關車下方將會沾附大量紅褐色的泥狀物體，散發驚人的鮮血氣味。這種時候，被害者的衣服，不管是男性西服還是女性的和服，都會完全剝光、輾碎，附著在機關車下方的某處。這種情況下，清潔機關車代表要清掉「泥狀輾死者」，會讓整個機關庫的人痛不欲生。

如今，D50・444號在轉車台轉了一圈後，被拖回扇形機關庫，稍微察看之後，得知是不知道在哪裡遭到輾斃，屬於「泥狀」那一型。

杉本皺著眉頭，把便宜的香水灑在毛巾上，掩住口鼻，在頭部後方緊緊打一個結，再拿著橡膠水管前端，爬進正好開在機關車正下方軌道之間，深度約三尺的細長水泥坑裡。

這時，他們發現一件怪事。雖然他們每次都會這麼做，杉本在機關車的下方灑水，同時仔細檢查有沒有纏到什麼像是年輕女孩和服之類的布塊。然而，他根本沒找到可能是輾死者的衣物，甚至連和服內衣袖子的碎片都沒找著。杉本反而找到長著奇怪毛髮的小肉片，他抱著拼圖一般的心情，用鐵製的火筷前端夾住，帶到外面。大家迅速圍在一起鑑定，驗車員平田主張，如果是人類的肉片，這個毛髮太硬、太粗了。在眾人議論之中，他們帶來兩、三名資深人員，重新調查。結果如何呢？他們判定這竟然是黑豬下腹部的皮膚！

莫約二小時後，他們接獲一份隸屬於H車站軌道技工送來的報告，為這起奇妙的判定背書。這是因為他們在距H車站西方約6英哩處，接近B車站的上行弧型軌道之上，發現一具看似已經性成熟，慘遭分屍的大型黑豬屍體。相信您也耳聞過，B車站與縣立農蠶學校同名，也是學校所在地，算是小有知名度的城鎮，在該城鎮近郊的農家，非常流行養豬的副業。一定是黑豬因為某些原因逃離豬舍，在彎道附近悠閒地漫步，才會碰上這起意外的災害。……總之，機關庫的人們做出這個解釋，很快就把這起事件結案了。和善又親切的「長泉」還是特地買了一個比較沒那麼正式的花圈，掛在駕駛室的天花板，重啟工作。

又過了幾天，某個早上，在上午五點三十分抵達H車站的D50・444號，車輪再度沾附著新的黑豬肉泥。調查後得知，輾斃地點與上次相同，都是接近B車站的彎道，上行的鐵軌上。說起來也很不可思議，目前只能這麼說是偶然了。「長泉」與助理杉本又在根本不到四十九日，才過頭七的前一隻黑豬的花圈旁邊，擺上另一個新的花圈。

話說回來，學生啊。

不知道是故意還是偶然，又過了幾天的早上，這回同一輛D50・444號的車輪沾到是比較軟一點的白豬肉泥。助理杉本迅速擦掉鼻子底下的煤灰。沒想到會有第三次。時間跟地點和前兩次完全相同。這下機關庫的主任岩瀨先生終於去B鎮的派出所報案了。

根據派出所安藤巡警的報告，得知這三頭豬分別屬於B鎮附近不同的飼主，分別在不同的日子遭竊。不過目前還不知道是誰的惡作劇。只知道「葬禮機關車」D50・444號忙得跟彼岸會[8]的和尚一樣。

可是，這時我再次……沒有啦，學生，我開玩笑的。其實，後來又發生一次同樣的輾殺事件。……條件都跟前三次一樣。遭到輾殺的是白豬，豬鼻像隧道口似的……，您知道嗎？那個東西掛在驅動輪的車軸上，機關車行進時，就像風車似的，轉個不停呢。

機車庫的岩瀨、驗車所七原等兩位主任，發了好大一頓脾氣。……這個玩笑實在是開得太大了。他們立刻選出三名調查委員，由機關庫的片山副主任領軍，前往B鎮調查。

好了，接下來的故事，就是由片山副主任帶領的一行人，針對奇妙事件進行的偵探故事……大概是這樣吧，不過這也是一段有趣的故事。總之，我先就我的印象，敘述事件發生後從偵探團那裡聽說的內容。

片山機關庫副主任這號人物，是帝大畢業的高材生，在鐵道方面還是新人，

譯註8 每年春秋舉行的佛教法會。

不過他的腦筋很好，人品也很高尚，還是一個機智風趣，辦事能力強的人，如今，他早就榮升到我們部的監查局了，他帶著當時的下屬，也是這座機關庫的員工，在事先已經調查完畢的鐵路養護工程課課員的帶領之下，搭乘第二天下午兩點發車的下行列車，立刻前往B鎮。

事故現場的彎道距離B車站不到一英哩，算是比較靠近H車站的彎道，沿著上行軌道的內側是松樹林，外側則是沿著下行軌道的整片桑田。一行人來到寫著數字的公路里程標示牌旁，帶路的養工課員向片山副主任報告，昨天發生第四起事故，已經收拾乾淨了，並且把現場的情況說明一遍。根據他的說法，四次的事故現場全都發生在同一個地點，都是里程標示牌與枕木的四頭釘（為了防止彎道的鐵軌滑動，會把墊木固定在與鐵軌相接的枕木上，四頭釘就是用來固定的堅固釘子。跟墊木一樣，通常都會露出半顆釘頭。）的位置。也就是說，每一次都會發現綁在釘頭及里程標示牌上的斷裂草繩。

「總而言之，」

養工課員最後補充說明。

「犯人將繩子綁在鐵軌外側的墊木釘，以及另一頭里程標示牌之間，再把豬綁在中間的軌道上，讓豬隻遭到輾殺，這是我們的看法……」

片山副主任說：

「所以每隻豬公在被殺害之前，都還活著囉？竟然能用繩子綁住，不讓牠們逃走。原來如此，犯人之所以利用這個彎道地點，應該是怕機關車發現綁著的豬，停止前進吧，儘管如此，豬公應該會被附近的隆隆聲嚇到，弄斷草繩吧？」

後來，副主任可能覺得在這個現場已經收穫不到更多的線索，便向負責帶路的人說，想要走訪豬隻遭竊的農家。

不久，一行人穿越桑田中的小路，很快就來到寧靜B鎮的派出所。他們請長相十分威嚴的安藤巡警帶路，造訪第四名犧牲者所屬的農家。

農家的主人年約五十左右，是一名身材壯碩，滿臉痘疤的農夫，一行人造訪後，他擔心地數次向他們低頭道歉，再帶他們前往又髒又臭，以杉樹皮搭建屋頂的豬舍。他在豬舍泫然欲泣地說，被偷走的白豬是家裡豬隻之中最重要的約克夏大白豬，是要價六十貫的大豬公，沒想到竟然被機關車碎屍萬段了，帶著鼻音抱怨了起來。

這時，片山副主任詢問安藤巡警，

「失竊的時間是在遭輾斃的早上的前一天半夜吧？」

安藤巡警回答：

「四起都是如此。」

「用什麼方法偷走的呢？」

安藤巡警說：

「只要打開這座短柵欄，睡覺中的豬隻就會立刻醒過來，再給牠們零食。就會乖乖跟來了。」

這時副主任又問：

「四起事件的調查結果，都是用這種方式遭竊的嗎？」

「沒錯。根據四位被害者的陳述，大致上都是同樣的說法。」

副主任說：

「麻煩您一下，可以請問前後四起事件發生的日期嗎？」

「正確的日期嗎？……我看看。」

安藤巡警從口袋中掏出筆記本，

「呃，第一起是，二月的，十一日……接下來是，二月十八日……然後，二月二十五日。還有昨天的三月四日……分別發生在半夜到清晨五點之間。」

「……哦，果然……沒什麼，也就是說，是不是每隔七天就會有一頭豬被偷呢！？我算算，今天是星期一，日、一……也就是每個星期天早上會失竊呢。」

副主任想了一會兒，不久又說：

「我想請問一下，目前這座鎮上，每個星期天，不對，星期天以外也無所謂，總之，我想知道所有每週一次定期重覆的變化，……再無聊的小事都沒關係，例如公司、學校每星期日放假，或是理髮廳、澡堂星期幾公休，或是某某市場會在每週的哪一天營業，什麼事都好，請把這座鎮上每隔七天會發生的事，全都告訴我，可以嗎？」

聽到這個問題，就連安藤巡警都傻了，他皺著眉頭，絞盡腦汁想了一會兒，才抬頭說：

「公司的話應該是H銀行的分行，鎮公所、信用金庫辦公室、農蠶學校、國小，星期天放假的差不多就是這些了。製絲工廠是每個月的一日跟十五日。理髮廳每個月逢七會公休兩天，澡堂則是逢五公休，一樣是月休二日，不過他們都是公休，不是每週休假……我再想想，還有蠶市還沒開始，蛋市則是每五天一次，……其他的嘛……對了，每個星期六下午，農蠶學校會在農業科辦一場小規模的市集。」

「哦哦，農蠶學校的市集都賣些什麼呢？」

安藤巡警回答：

「主要是農業科學生們種植的一些蔬菜、水果或花草。……很熱鬧的哦。」

他的回答讓片山副主任重拾活力，接著換了話題，

「在尚未鎖定犯人的情況下，請問目前的搜查跟事後的警備情況如何呢？」

安藤巡警得意地說：

「我們當然已經進行處置。只可惜我們人手不夠啊。」

「要麻煩你們了。不過，不要打草驚蛇比較好。我看差不多這樣……」

副主任說完，便催促下屬的機關庫員工與負責帶路的人員。一行人很快就離開黃昏時分的安靜B鎮。

——機關庫副主任片山這號人物，跟下屬也算是相處一段時間了，不過，他偶爾會做出一些奇怪的舉動，讓人百思不得其解，甚至讓下屬覺得相當遺憾。這是因為副主任離開B鎮，回到H機關庫之後，第二天似乎就把「葬禮機關車」發生的奇妙事件忘光了，毫不在乎地持續平常的工作。兩天後、三天後依然如此。一名下屬忍不住了，終於在第五天開口問他。結果他的回答真的讓人傻眼。據說他回答：「你說說看嘛。現在又沒有事情可以做，我也沒辦法啊。」

可是，到了當天半夜，副主任的態度出現一百八十度轉變。

大概是凌晨三點左右吧，副主任叫醒一名下屬（該男子叫做吉岡），做好外出的準備，然後拉著睡眠不足，走路搖搖晃晃的他，搭車出發。

他們到底要去哪裡，吉岡完全沒有頭緒，總之，他跟片山副主任在黑暗之中坐了將近半小時的車，在某片草原下車，把車子停在附近，以眼神示意，要吉岡安靜地跟他在後頭，兩人便走進松樹林裡。吉岡逐漸清醒。不久，他跟副主任兩個人坐在黑暗中的灌木林間，松樹林的盡頭就在他們前方約十間遠的距離，他知道再往前走就是B車站附近的鐵軌彎道。隨著夜裡的露水愈來愈涼，吉岡的腦袋也愈來愈清醒了。他終於明白副主任的用意。副主任手上的夜光手錶指向四點三十分。仔細想想，現在正是三月十一日，也就是星期天清晨。副主任一定在想，那名奇怪的豬公大盜會第五次來到這裡，吉岡想著，突然感到一股渾身發抖的寒意，把臉埋在外套的領子裡，在副主任身邊縮得更小了。

四點二十分的夜間旅客列車正好發出劇烈的低鳴聲，奔馳在他們正前方的上行鐵軌。於是，四周再度恢復原本的寂靜。不出五分鐘，副主任突然露出嚴肅的表情，使勁猛戳吉岡的肩膀。

吉岡不禁摒息以待。

——儘管距離仍然十分遙遠，從桑田間的小路上，竟然傳來小小的、低沉的，而且似乎有點滿足的豬叫聲，聽起來宛如一場夢境。

不到兩分鐘的時間，那個聲音逐漸接近，很快就聽見踩在軌道床碎石子上的腳步聲，鐵軌上方出現一個漆黑的人影。藉著星子的微光，隱約可以看見一雙穿著長褲的腳，從外套下襬露出來。那雙腳的另一頭，用類似繩索的東西，牽著一條不知道從哪戶農家偷來的大白豬，齁齁齁叫著。男子時而彎下腰，灑著像是飼料的東西，越過下行鐵軌後，在他們正前方稍微偏西的上行鐵軌處停下腳步，再度灑飼料給白豬，然後四處張望。……在黑暗之中，無法看清男子的長相。

不久，豬公大盜開始進行作業。五天前，帶他們到此處的養工課員的推測完全正確，黑衣男按照推論把豬綁起來，然後在可憐的犧牲者面前，灑了大量的飼料。兩人安靜地站起來。悄悄地往前走。

後來發生什麼事了呢？他們走不到二十步，黑暗中，吉岡鞋子下方的枯枝發出巨大的聲響。吉岡大吃一驚，下一秒便往鐵軌的方向疾速狂奔。

剎時之間，……豬公大盜往松樹林的方向瞄了一眼，聽見異常的鳥叫聲，突然沿著弧形的鐵軌往前衝。吉岡立刻衝出鐵軌，緊追著那道黑色的身影。不過，跑不到兩丁[9]的距離，已經錯失對方的身影。不久，他聽見副主任的叫聲。

「喂！」

吉岡總覺得都是自己不好，現在也無計可施，只好回到彎道的地方。

「沒事，沒關係啦。」

這時，片山副主任叫住他。

「不用心急。你先來看看這隻豬公吧。……打從一開始，我就在想，把五花大綁的豬放在這裡，不可能每次都順利被輾過。」

仔細一瞧，豬的確不太正常。四隻腳莫名緊繃，頭時而前後晃動，發出痛苦的吟呻，接著吐了起來。

「牠被下毒了。」

說著，副主任開始解開打結的繩索。兩人很快就拖著可憐的豬隻，走進松樹林中，前往他們下車的地方。不過，豬隻在半路上吐下瀉好幾次，來到車子旁之時，豬隻已經一動也不動了。牠開始痙攣。他們只好把豬綁在一旁的樹上，請驚魂未甫的司機載他們先去B鎮派出所。兩人坐上車的時候，正好聽見松樹林另一頭疾駛而來的火車聲，副主任說：

「那就是D50．444號貨物列車哦。」

接下來，他們前往B鎮，拜託安藤巡警處理那頭豬，便直接坐著車，在天色已經大亮的清爽郊外奔馳，回到H車站。

吉岡在車上詢問副主任，

譯註9　一丁約一〇九公尺。

「要殺了那頭豬，進行解剖嗎？」

副主任說：

「不用。那隻豬公已經沒用了。我已經拿到牠吃剩的飼料跟毒物了。」

說著，他從外套口袋中，拿出三、四片小花模樣的煎餅。煎餅上染著紅色、青色的斑紋，煎餅的表面則鑲滿差不多半顆紅豆大小的小果實。

「剛才的冒險……」

副主任又說：

「我最主要的目的，就是這個。只是沒想到會拿到這樣的煎餅。也就是說，……我認為殺死偷來的豬，不是能夠獨力完成的工作，所以要把活著的豬帶到鐵軌，再順利讓火車輾過，光靠繩子綁在枕木邊緣的墊木的釘子上，還有相反方向的里程標示牌，再把豬綁在正中央，這樣的手法不可能順利成功三、四次。所以，我想偷豬的男人勢必要把豬殺死，或是讓牠動彈不得。不過，要用鈍器砸死呢？還是用刀刃刺死呢？還是用劇毒殺死呢？如果他採用其中一種手段，讓豬隻即刻死亡，就不需要綁那些繩子了。只殺死之後直接扔在鐵軌上就行了。儘管如此，犯人卻沒那麼做。我現在的想法是……這個餅乾裡的毒物並不會引起即刻反應，犯人在一路上用摻入毒物的飼料引誘豬，把牠帶到鐵軌上，接下來再把牠綁在鐵軌之間，讓牠無法動彈，又餵牠幾個毒飼料。毒性將會慢慢發作。接下來D50・444號就到了……大致上是這樣吧。……話說回來，這到底是什麼餅乾？我第一次看到這種長得像玩具的餅乾。你看過嗎？」

吉岡立刻搖頭。不久，兩人回到H車站，以機關庫的辦公室為據點，開始研究起在這場冒險中得手的奇妙線索。

第一天，副主任整天都安靜地待在房裡，思考這塊餅乾的來歷，第二天，他終於出門調查了。直到傍晚才回來，吃了外送的晚餐，他馬上找來吉岡和另一名調查員，說了以下的內容。

「你們去B鎮跑一趟吧，明天早上再去也沒關係。這趟的目的不是為了別的事，……總之，先聽我說明吧。」

說著，把那塊餅乾擺在兩人面前，

「經過一番調查，我終於打聽到這塊煎餅的來歷了。這片長得像小孩的玩具小風車，看起來很難吃的煎餅，並不是拿來吃的，而是一種最低等的餅乾，所謂的裝飾餅乾。這個地區的人通常稱這種點心為『貼菓子』，……你們應該看過吧？……就是葬禮專用的裝飾點心。不過，在這片煎餅的表面，烤好之後還用漿糊黏上像是碎紅豆一般的果實，調查之後發現，它的學名叫做日本大茴香，通常稱為日本莽草或花芝，是木蘭科常綠小喬木的果實。含有莽草酸這種有毒成分。莽草酸是一種印防己毒素（Picrotoxin）的致痙攣毒素，接下來比較專業，它引發的生理化學性反應，是刺激延腦的中樞神經，導致癲癇等痙攣反應，在痙攣時暫時失去意識。有時候甚至還會直接死亡，不過它並不是劇毒。在日本國內，中部以南的山區都能找到它的蹤跡。問題在於莽草樹的另一種用途……，這個用途實在是耐人尋味……，過去，人們會把它種在墳墓，用來弔祭亡者，有些地方會把它的枝葉放進棺材中，跟死者一起下葬，除此之外，一般人則是將它的葉片乾燥、樹皮碾碎，在墓碑或墳地焚燒，也是製造抹香的原料。聽懂了嗎？不管是這個煎餅，還是莽草果實，都是非常特殊的物品，可以充當線索。再回到那頭豬公身上，如果我是當時的犯人，我才不會用這麼特別的東西，會用像是紅蘿蔔還是其他常見的東西，把豬公帶出去，來到鐵軌上，我也不會用繩子綁，太麻煩了，我大概會拿鐵槌什麼的直接砸死，然後再扔在鐵軌上……，不過，我們也看到了，犯人採用極不自然又人為的道具。喂。就是這裡啊。每一次都用這麼特殊的東西，表示犯人可以輕鬆取得這些東西，代表這些是犯人在賣的東西。我要拜託你們的事，就是請你們兩個人到B鎮或B鎮附近調查，有沒有人在賣葬禮專用的『貼菓子』和製造、販賣抹香的葬禮用品店。」

因此，兩人在第二天早上前往B鎮。

由於這是一座鄉間小鎮，詢問派出所與鎮公所之後，他們很快就得知鎮上並沒有符合片山副主任說法的葬禮用品店。

兩名下屬失落地回到H車站，向副主任報告結果。沒想到副主任居然高興地說：

「跟我想的不多。沒關係，這樣就行了。你們外出的時間，我去了機關庫，詢問『葬禮機關車』的『長泉』，問他都在哪裡買花圈，立刻得知機關庫後方，也就是在H市的後街，有一家叫做『十方舍』的葬禮用品店。我得知那家店不僅有賣『貼菓子』，有製作、販賣抹香。我們馬上出發吧。直接調查後，只要能得知十方舍和B鎮……兩者之間，每周會發生某起相關的事件，這起事件就能以最合理的方式畫下句點了。」

他們立刻出門。

他們繞到機關庫後方，很快就來到有點髒的兩層樓建築——葬禮用品店十方舍。

副主任率先進門，熟稔又迅速地訂了一個小花圈。

一名看似老闆，粗脖子、頭頂尖尖的禿頭，面色紅潤的五十歲男子，以極度憂鬱的表情，認真以磨藥器碾碎乾燥的樹葉，接過副主任的訂單後，他迅速地在纏著綠色膠帶的圓形小花環的底座上，插起白色的假花。片山副主任則以銳利的眼神環顧室內。

——在店面後方，果真有一座擺著「貼菓子」等物品的大型玻璃櫃，櫃子的後方有一扇通往後方房間的紙拉門，拉門並未完全關上，從隙縫可以看見一名年輕女孩，大概是老闆的女兒吧，她以一種十分奇妙的姿勢，從不太正常的高度探出頭來，……打從他們走進這間店，女孩就用這種方式，露臉窺探著他們，副主任從未見過如此攝人心魄的面孔。她綁著樸素的髮型，有一張柔和的圓臉，肌膚有如蠟燭一般白皙透亮，鼻樑低卻有張小嘴，圓滾滾的雙眼，眼珠像是覆了一層白紗，好像有點茫然，卻又充滿迷人的甜美魅力。她看到副主任一行人之後，勉強擠出微笑，以慌張的語氣跟他們打招呼，

「歡迎光臨。」

——後來，我聽了很多遍當時的情況。總之，片山副主任初次看見這女孩的時候，他感到一股畢生難忘，卻又說不上來的厭惡印象，烙印在他的眼球深處。

不管是那位奇妙的女孩，還是表情凶惡的怪老闆……唉，看來這個家裡有什麼不可告人的祕密……，他直覺地這麼想。……抱歉，只要講到女生，我就停不下來。

片山副主任不發一語地在店裡逛了一圈，不久，他的目光流露欣喜神色，立刻指著他們旁邊的水槽，裡面五彩繽紛的美麗花草，對著認真製作花圈的大叔說：

「大叔。這花真漂亮。這麼冷的天氣有辦法開出這麼漂亮的花嗎？」

大叔抬頭看了一眼，

「可以啊。B鎮農蠶學校的溫室種的……。只要在星期六傍晚過去，你們也買得到哦。……好，完成了。六十錢。謝謝。」

這時，副主任一本正經地接過花圈，付了錢，直接回頭走向門口。吉岡也立刻跟在副主任後頭，跨出大門時又回頭瞄了店裡一眼，那個有點陰沉卻又相當可愛的女孩，還是一樣把頭伸出來，窺探著外面。

走出來之後，副主任他們早已走到十間遠的地方了。吉岡連忙追上去，把手放在他的肩上，氣呼呼地說：

「副主任。那個大叔終於招認他每周六下午都會去B鎮了，為什麼把他抓起來？」

「我們又不是檢查官，」

副主任說：

「……別心急。我的意思是說，想抓他也要有充足的證據。……我百分之九十九肯定，那個大叔就是你前幾天夜裡追逐的犯人。不過，與其我們現在就逮捕他，不如再等兩、三天，星期六午夜再到那個地方，直接逮捕現行犯，這樣比較明確吧。那個大叔還會繼續偷豬哦。看來他有什麼隱情。在星期六之前，我們先保持冷靜，只要想這道『最後的謎題』就行了。」

第二天起，片山副主任就按照他的宣言，針對那位陰沉的十方舍女兒，展開密切調查，向鄰居及其他人打聽消息。

不出一、兩天，就得知他們兩人是非常孤單的父女，日子不是很好過，也鮮少跟鄰居來往。女兒叫做阿豐，是一個任性的女孩，奇妙的是，這兩、三年來完全不曾外出，一整年都像那樣，整天待在店面後方的房間裡，從紙拉門的縫隙，像在期待什麼似的，望著外面的大馬路。看來她是不是得了什麼重病，身體有殘疾呢？至於那位大叔呢，則是愛女成痴的人，老是把阿豐掛在嘴上，十分疼愛阿豐，每當女兒開始抱怨一些過於幼稚的事，他總會不停發抖，抖到旁人都覺得他很可憐的程度，他還會安撫女兒，甚至還流下淚水，說著：「妳好乖，妳好乖」，任憑女兒斥罵。女兒也是個歇斯底里又任性的孩子，最近三個月、半年來，情況愈來愈嚴重了，奇妙的是，打從一個月前開始，女兒再也不曾發作了，取而代之的是她會以孩子般雀躍的甜美聲音，偶爾唱起〈髮箍〉或〈沉鐘〉等過氣的流行歌，愉快地與父親高聲交談。然而，不知怎的，四、五天前，又恢復從前那樣歇斯底里的氣氛了，以上就是他們打聽到的內容。

——話說回來，片山副主任徹底調查的精神，把我嚇了一跳。因為我當時經常去那家店買東西，每一回，那個女孩都會從紙拉門的縫隙裡露出一張臉，掛著一種難以形容的誘人微笑，睜大她那有如覆了一層白紗的圓眼睛，以柔和卻又貪求的視線盯著我……，真的是讓人覺得「好下流」的火熱視線。至於大叔，則跟副主任的調查內容差不多，工作的時候，他也會用充滿關愛的慈祥眼神，急切地望著女兒，還會說「把門拉那麼開，會感冒哦。」、「妳可以問客人火車的事哦。」之類的話，他在我面前，一再展現把女兒捧在手心，小心翼翼，深怕一個不小心就把她碰壞的模樣。

先別說這個了，總而言之，片山副主任接二連三地查明了這些事，最後終於在下一個星期六的夜晚，正確來說應該是星期天，做出幾乎心滿意足的結論。三月十八日凌晨四點三十分，他若無其事地，帶著那兩名下屬與H署的巡警，一行四人來到軌道彎道處的松樹林，為了逮捕那女孩的父親，沉默地蹲在黑暗之中。

然而，這次片山副主任失算了。因為旅客列車在四點四十二分駛過後，過了五分鐘，豬公大盜竟然沒有現身。

十分鐘、二十分鐘，一行人摒息以待，不知道是不是上次差點被抓，對方一直沒有出現。後來，主角D50・444號貨物列車呼嘯而過。

「……呼。大哥，在這次的埋伏中，我發現一件事。好。接下來可以直闖十方舍了。」

副主任終於說了這句話，不甚愉快地站起來。

一行人在B車站搭乘下一班旅客列車，來到H車站。他們穿越天色已經亮起的站內，為了前往十方舍，走向機關庫的後方。猜猜看這時發生什麼事了？「葬禮機關車」的「長泉」與助理杉本慢慢走過來。仔細一看，杉本鼻子底下應該會有的煤灰，竟然已經擦乾淨了！

杉本看到一行人，立刻露出誇張的表情，

「我們終於又殺生了。」

「什麼？又殺生了！？」

副主任忍不住大叫。

杉本說：

「是的，我確實有感覺。在距離車站差不多一丁左右的陸橋下。而且這次機關車的車輪上，掛的是女人的頭髮。不是豬……！」

他們暫且將逮捕十方舍大叔的任務交給警官，一行人急著回頭。他們很快就來到位於距II車站以西不遠的轢斃現場。

由於事故正好發生在早上，不管是冷冽的陸橋上，還是被露水沾濕的鐵軌上，都擠滿附近看熱鬧的人，擠成一座黑壓壓的小山。……一行人推開那座黑山，首先感覺到的是新鮮的血肉氣息。接下來，他們看見滾落在他們腳邊的凄慘女性首級。……頭顱缺了上半部，裡面的腦漿跟兩顆眼珠不知道滾到哪裡去了，可以從眼窩看到頭蓋腔後方，沾黏著黑色血液的軌道碎石子。……當他們看著眼球成為空洞，缺了一半的女子臉孔，他們逐漸發現她是那家葬禮用品店的女兒。

後來，他們被副主任拉起，顫抖著往更深處前進。當一行人看見滾落在鐵軌上的物體時，忍不住吐了出來。

——那好像是從大腿根部截斷的雙腿，不過整雙腿幾乎一樣粗，直徑將近八、九寸，像兩根粗樹幹。再加上皮膚的顏色已經失去血色，呈鉛灰色。臉色發青的副主任蹲下察看，還是能坦然地用手指按壓那雙腿的皮膚。結果那個部分的皮膚只出現無數條讓人不舒服的皺褶，完全不會凹陷。……副主任面有難色地站起來，以沉重口氣說：

「……這個啊。並不是因為截斷造成的浮腫。你們知道有一種叫做血絲蟲的寄生蟲嗎？牠會阻塞淋巴管，導致淋巴停滯，或是鏈球菌經小傷口入侵體內，致使痊癒後仍然續浮腫，是一種叫做象皮病的病症。……這就是那種病哦。我大學的時候，有一個朋友得了這種病。患部主要是腿部，因為發炎的關係，皮膚將會愈來愈肥厚，無法移動。雖然很少聽說得了象皮病會死，想要恢復原狀，唉，通常都是不可能的。」

這時，副主任調整站姿，

「……看來，這起事件已經落幕了……，我不認為豬公的輾殺事件能讓這起悲劇畫下句點，……唉，是我太大意了。這女孩應該是自殺吧。話說回來……，我們邊走邊說吧，先去十方舍吧，……要是那個大叔看到可愛女兒的死狀，一定會發瘋吧……」

說著，副主任邊走邊簡短地說著這起奇妙事件的最後之謎，……也就是他如何靠他卓越的直覺，識破十方舍大叔偷豬公的動機。

唉，學生啊。

不知道是幸運還是不幸，副主任的直覺是對的。驗屍官很快就在女孩懷裡找到意外的東西，那是要給「葬儀機關車」的「長泉」的遺書，讓他們得知正確的原因。

至於女孩的信呢……，老實說，現在在我身上……，沒什麼，比起複述副主任的話，不如來看看這封信吧。再說，我現在也不想再次提起當時副主任挫敗的臉，我覺得很難過。這個話題曾經為過去的我造成致命的打擊，也是一段痛苦的回憶……，來，就是這封骯髒的信……，請看吧……。

我思慕的長泉先生：

我是十方舍的獨生女，叫做阿豐。當您看到這封信的時候，我已經前往不知羞恥為何物的國度了。所以，我會把一切都交代清楚。請聽聽我想說的話吧。

我從小就很不幸。我家沒什麼錢，所以家父、家母沒能讓我過著跟其他小孩一樣幸福安穩的生活。正好在四年前，我十九歲那一年，右腳受了一點小傷，當時也沒能讓醫生治療。後來，黴菌從傷口侵入，害我得了一種叫做丹毒的病。我們嚇了一跳，去看了醫生，這個病很快就好了，差不多過了半年，這次又得一種叫做再發性丹毒的疾病，跟之前的病很像。不過這次卻一直治不好。後來，我得了一種叫做象皮病的恐怖疾病，我的雙腿再也見不得人，十分醜陋。醫生說得這種病不會死，可是沒辦法恢復原貌。每年春、秋兩季，我的雙腿就會特別腫。

我思慕的長泉先生。

為什麼我是這麼不幸的女人呢？我幾乎想要詛咒我的父母。從那時起，父母對我的態度也完全不一樣了。

家父只是把我當成寶貝，對我呵護有加。家母則是每天都像發瘋似的，不停向我說著對不起、對不起。後來，家母真的瘋了。

那是三年前的事，下著冰冷細雨的秋夜。發瘋的家母光著腳衝出門，最後在陸橋下被火車撞死了。

可是啊，我思慕的長泉先生。

當時的火車司機，就是您。怎麼會有您這麼親切的人士呢？您為了弔念家母的靈魂，過來購買花圈。後來，每次撞到人，您都會來我家購買花圈。您的心地真是太善良了。

可是啊，我思慕的長泉先生。

初次在店裡見到您的身影，我就非常非常喜歡您，時時刻刻都忘不了您。很快地，家父就察覺我的心意。當時，他仍然對我呵護備至，偶爾您上門買花圈時，家父甚至會儘可能多花一點時間，製作您的花圈。

可是啊，我心愛的長泉先生。

因為我的身體如此醜陋，我無法接近您的身邊，對於此事，我逐漸感到不滿，我愈來愈急躁與任性，為了見到每年只會來買兩、三次花圈的您，我多次讓父親站在門口尋找您的身影。可是，我每一天每一刻，都只能從店面後方的紙拉門之間，露出臉來，一直等候您的來訪，也許是家父看不下去了吧，距今正好一個月前，他每星期都會去B鎮買花草，他說他向一位非常靈驗的神明祈求。後來發生什麼事了呢？那位非常靈驗的神明聽從可憐的我的願望，每個星期天，都能見到您了。當時的我，實在是太幸福了。我每天都唱著歌，跟家父愉快地交談……。

可是，幸福總是稍縱即逝，上一個星期日已經不見您來訪了。不知道發生了什麼事，家父說會遭到報應，於是不願意再去祈求神明了，所以今天晚上買了花之後就早早回來了。我再也無法壓抑激動的情緒，終於跟家父起了口角。

啊啊，我心愛的長泉先生。

後來，我拿起手邊用來給棺材打洞的四角錐，失手殺了我的父親。

我已經失去活下去的希望了。我要捧著這封信，前往被您輾死的家母所在的國度。寫完這封信之後，我會在店裡放著緊急製作的花圈。請您為了可憐的我，把那只花圈掛在火車上吧！

三月十七日晚上

十方舍　阿豐筆

您看完了嗎？誠如那封信所寫的，副主任一行人來到十方舍之時，那女孩的父親，一頭栽進做到一半的棺材裡，側腹部插著一根往心臟方向刺入的巨大錐子，身體已經冰冷了……

學生啊……

您現在明白我為什麼辭去鐵道這份工作的心情了吧？還有，我為什麼要在每一年的三月十八日，也就是十方舍女兒的忌日，前往H市的公共墓地掃墓了吧？……咦？哦，對了，對了……，我以為您已經知道了，老實說，我就是「葬禮機關車」的「長泉」，也就是長田泉三，……沒想到講了這麼久……，H車站好像快要到了……，就此告別了。

作者簡介

大阪圭吉（おおさかけいきち，一九一二—一九四五）

日本推理小說家。愛知縣出生，本名鈴木福太郎。日本大學商業學校畢業後立志以推理作家為業，師事甲賀三郎，因崇拜推理作家江戶川亂步，取筆名「大阪」與「江戶」相呼應。一九三二年發表〈食人風呂〉於雜誌《日之初》獲得佳作，同年於《新青年》發表〈百貨公司的絞刑官〉，正式以推理小說家出道。

一九三四年開始，以幽默且構思奇巧、又極具渲染力的解謎過程為其獨特風格，大量發表短篇作品。

堪稱日本推理史上短篇本格推理代表作之一的〈葬禮機關車頭〉，便是創作於這個時期。一九三六年出版首部小說集《死亡快走車》單行本，在出版紀念會上，江戶川亂步、大下宇陀兒、甲賀三郎等知名推理作家皆列席其中，確立大阪圭吉於文壇的地位，同年七月開始於《新青年》連續六個月發表短篇作品，迎來創作生涯的高峰期。隨著二次世界大戰的戰情激烈，大阪圭吉於一九四三年受徵召前往滿洲、菲律賓等地從軍，一九四五年因瘧疾死於菲律賓呂宋島。

死亡預告

這次要輪到我了嗎？
野村胡堂的名警探推理短篇集

作　者｜野村胡堂　譯　者｜張嘉芬
定　價｜360 元　ISBN｜978-626-7096-10-9

藏在面具下的犯罪心理，往往來自意想不到的深刻羈絆。
愛恨情仇 × 人物關係 × 懸疑殺機……凶手就在身邊？

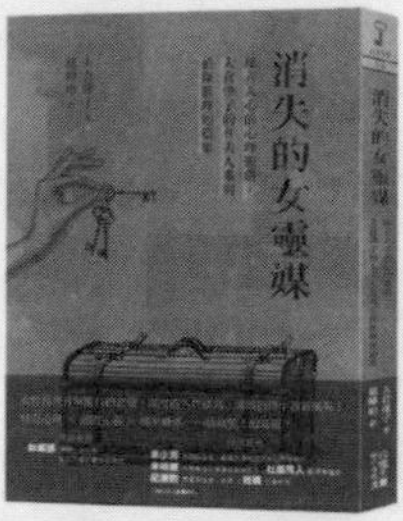

消失的女靈媒

操弄人心的心理遊戲，
大倉燁子的S夫人系列偵探推理短篇集

作　者｜大倉燁子　譯　者｜蘇暐婷
定　價｜360 元　ISBN｜978-626-7096-14-7

女性推理作家獨有的直覺、深度的人性描寫，開啟偵探小說新風貌！
怪奇心理 × 國際元素 × 機密魅惑……暗藏驚人的祕密？

鈴木主水

武士的非法正義，
久生十蘭的推理懸疑短篇集

作　者｜久生十蘭　譯　者｜劉愛夌
定　價｜365 元　ISBN｜978-626-7096-18-5

巧妙運用多種元素，堪稱最難以框架的推理。
虛實交錯 × 主題深刻 × 震撼人心……心底的怪物從何而生？

鬼佛洞事件

究竟是天譴還是謀殺？
海野十三偵探推理短篇小說集

作　者｜海野十三　譯　者｜侯詠馨
定　價｜380 元　ISBN｜978-626-7096-22-2

以科幻的趣味創作推理小說，用推理的謎團傳播科學的概念。
變格推理 × 心理認知 × 肉眼殘影……撲朔迷離的怪奇案件。

RECOMMENDED BOOKS

好書推薦

深夜的電話

藏在細節裡的暗號，
小酒井不木的科學主義推理短篇集

作　者｜小酒井不木　譯　者｜侯詠馨
定　價｜380 元　ISBN｜978-986-5510-61-9

至關重要的破案線索，就藏在你看不見的細節裡。
鑑識科學 × 醫學知識 × 顱骨復原術……這一次，
你能抓得出兇手嗎？

後光殺人事件

接近 99% 完美的犯罪，
小栗虫太郎的密室殺人系列推理短篇集

作　者｜小栗虫太郎　譯　者｜侯詠馨、蘇暐婷
定　價｜340 元　ISBN｜978-986-5510-76-3

難以理解的華麗謎團，見證了人類想像世界的極限。
神話 × 宗教學 × 精神分析……誰能解開謎底，找
到關鍵出口？

瘋狂機關車

有如日本的福爾摩斯探案，
大阪圭吉的本格推理偵探短篇集

作　者｜大阪圭吉　譯　者｜楊明綺
定　價｜350 元　ISBN｜978-986-5510-91-6

以嚴謹的解謎邏輯，鋪陳出魔術般的「不可
能犯罪」。
取材獨特 × 活用專業 × 氛圍營造……堪稱日
本短篇推理小說的上選之作。

人造人事件

隱藏在廣播中的死亡密碼，
海野十三科幻偵探短篇小說集

作　者｜海野十三　譯　者｜侯詠馨
定　價｜360 元　ISBN｜978-626-7096-04-8

幻想性十足的主題，犯罪手法超越讀者的想像邊界。
精密機械 × 信號操縱 × 化學實驗……令人目瞪口
呆的驚悚謀殺。

銀座幽靈

誰才是被害者？

大阪圭吉懸疑推理短篇小說選集

書　　名　銀座幽靈
作　　者　大阪圭吉
譯　　者　侯詠馨
策　　劃　好室書品
特約編輯　霍爾
封面設計　吳倚菁
內頁排版　洪志杰

發 行 人　程顯灝
總 編 輯　盧美娜
美術編輯　博威廣告
製作設計　國義傳播
發 行 部　侯莉莉
印　　務　許丁財
法律顧問　樸泰國際法律事務所許家華律師

藝文空間　三友藝文複合空間
地　　址　106 台北市安和路 2 段 213 號 9 樓
電　　話　(02)2377-1163

出 版 者　四塊玉文創有限公司
地　　址　106 台北市安和路 2 段 213 號 9 樓
電　　話　(02) 2377-1163、(02)2377-4155
傳　　真　(02) 2377-1213、(02)2377-4355
E - m a i l　service@sanyau.com.tw
郵政劃撥　05844889 三友圖書有限公司

總 經 銷　大和書報圖書股份有限公司
地　　址　新北市新莊區五工五路 2 號
電　　話　(02) 8990-2588
傳　　真　(02) 2299-7900

初　　版　2024 年 3 月
定　　價　新台幣 420 元
I S B N　978-626-7096-76-5（平裝）

國家圖書館出版品預行編目 (CIP) 資料

銀座幽靈：誰才是被害者？大阪圭吉懸疑推理短篇小說選集 / 大阪圭吉 著；侯詠馨 譯 .-- 初版 . -- 台北市：四塊玉文創有限公司 , 2024.03　224 面；14.8X21 公分 . -- (HINT：14)
ISBN　978-626-7096-76-5 (平裝)

861.57　　113001350

HINT

HINT